CHATTERTON

QUITTE POUR LA PEUR

Du même auteur
dans la même collection

Œuvres poétiques, édition de J.-P. Saint-Gérand (avec les archives de l'œuvre).

Stello, édition de Marc Eigeldinger.

ALFRED DE VIGNY

CHATTERTON

QUITTE POUR LA PEUR

Chronologie et introduction
par
François Germain

GF Flammarion

ISBN 2-080-70171-1

CHRONOLOGIE

1797 : Le 27 mars, naissance d'Alfred de Vigny à Loches.

1799 : En février, les parents d'Alfred vont s'installer à Paris. Ils habitent à l'Elysée-Bourbon, rue Saint-Honoré, jusqu'en 1804, puis rue du Marché-d'Aguesseau.

1807-1813 : Vigny est demi-pensionnaire à l'institution Hix, puis, à partir de 1811, externe au lycée Bonaparte (actuel lycée Condorcet). Il poursuit quelque temps ses études chez lui sous la direction de l'abbé Gaillard.

1814 : La première Restauration lui permet d'entrer comme officier dans la compagnie des gendarmes du roi.

1815 : Le 20 mars, il accompagne Louis XVIII sur la route de Gand. Il passe les Cent-Jours prisonnier à Amiens. Après Waterloo, il est versé dans l'armée de ligne. De 1815, sont datés *la Dryade* et *Symétha*.

1816 : Le 25 juillet, le père du poète meurt à Paris. *Héléna* daterait de 1816.

1817 : *Le Bain d'une dame romaine.*

1818 : *Le Bal.*

1819 : Publication des œuvres de Chénier par Latouche. De 1819, sont datés *le Somnambule* et *la Femme adultère*.

1821 : Vigny entreprend *Suzanne* et écrit *la Prison.*

1822 : Publication du *Trappiste* et d'un premier recueil de vers intitulé : *Poèmes.* C'est de cette année aussi que daterait *Moïse.* Le 12 octobre, Vigny est témoin au mariage de Victor Hugo.

1823 : Marche militaire jusqu'à Bordeaux, Pau, Oloron. Vigny publie *la Prison*, *la Neige* et *Dolorida*.

1824 : Publication d'*Eloa* en avril.

1825 : Le 3 février, à Pau, mariage du poète et de miss Lydia Bunbury. Le jeune ménage s'installe à Paris. En décembre, publication du *Cor*.

1826 : Les *Poèmes antiques et modernes* paraissent en janvier ; *Cinq-Mars* en avril.

1827 : Vigny est rayé des cadres de l'armée pour mauvaise santé.

1828 : Vigny écrit *Madame de Soubise* et *la Frégate « la Sérieuse »*.

1829 : Il s'intéresse aux saint-simoniens. Le 24 octobre, *le More de Venise* est donné à la Comédie-Française.

1830 : Après quelques hésitations, Vigny se rallie au nouveau régime, et il entre dans la garde nationale. Au début de l'automne, il fait la connaissance de Mme Dorval.

1831 : En avril, publication de *Paris, élévation*. Le 25 juin, *la Maréchale d'Ancre*, drame historique, est joué à l'Odéon. En août, début de la liaison avec Mme Dorval. Le 15 octobre et le 1er décembre, les deux premiers récits de *Stello* paraissent dans *la Revue des Deux Mondes*. En décembre, Vigny publie *les Amants de Montmorency*, *élévation*.

1832 : Le troisième épisode de *Stello* paraît dans *la Revue des Deux Mondes*, le 1er avril. En juin, publication de *Stello*.

1833 : *La Revue des Deux Mondes* publie *Laurette*, le 1er mars. Le 30 mai, *Quitte pour la peur* est représentée à l'Opéra.

1834 : Le 1er avril, *la Veillée de Vincennes* paraît dans *la Revue des Deux Mondes*. Dans la nuit du 29 au 30 juin, Vigny écrit la *Dernière nuit de travail*, préface de *Chatterton*.

1835 : Le 12 février, première représentation de *Chatterton* à la Comédie-Française. Le 1er octobre, *la Revue des Deux Mondes* donne *la Canne de jonc*. *Servitude et Grandeur militaires* paraît dans le courant d'octobre.

1836 : Séjour en Angleterre pour régler des affaires de famille.

1837 : Rédaction de *Daphné*. Nouvelle édition des *Poèmes antiques et modernes*. Le 21 décembre, Vigny perd sa mère.

1838 : Le 17 août, fin de la liaison avec Mme Dorval. Le 20 septembre, Vigny va s'installer en Charente au Maine-Giraud. Le 31 octobre, il écrit *la Mort du loup*. En novembre, il se rend en Angleterre.

1839 : Le 7 avril, il achève *la Colère de Samson*. Retour à Paris fin avril. Le 12 novembre, il achève *le Mont des Oliviers*.

1840 : Reprise de *Chatterton*, le 9 mars.

1841 : Le 15 janvier, dans *la Revue des Deux Mondes*, paraît la *Lettre aux députés sur la propriété littéraire*.

1842 : En novembre, il achève *la Flûte*.

1843 : *La Revue des Deux Mondes* publie *la Sauvage* (15 janvier), *la Mort du loup* (1er février), *la Flûte* (15 mars).

1844 : *La Revue des Deux Mondes* publie *le Mont des Oliviers* (1er juin), *la Maison du berger* (15 juillet).

1845 : Le 8 mai, Vigny est élu à l'Académie française.

1847 : Le 24 septembre, il achève *la Bouteille à la mer*, et le 5 novembre *Wanda*.

1848 : Il se rallie à la révolution. En avril, il échoue aux élections législatives.

1849 : En avril, deuxième échec à la députation. Le 27 août, il achève *les Destinées*.

1852 : En décembre, il se rallie à l'Empire.

1853 : Il rédige ses *Mémoires*.

1854 : Le 1er février, *la Bouteille à la mer* paraît dans *la Revue des Deux Mondes*. Le 18 mars, début de la liaison avec Louise Colet.

1857 : Reprise de *Chatterton* corrigé par la censure impériale.

1858 : Liaison de Vigny avec Augusta Bouvard qu'il a vraisemblablement rencontrée chez Louise Colet.

1862 : Le 24 février, il achève *les Oracles*, et le 28 mars, le *Post-scriptum* des *Oracles*. Le 2 avril, il rédige la strophe du *Silence*. Le 22 décembre, mort de Lydia.

1863 : Le 10 mars, il achève *l'Esprit pur*. Il meurt le 17 septembre d'un cancer à l'estomac.

1864 : Le 15 janvier, *la Revue des Deux Mondes* publie *la Colère de Samson*. Ratisbonne fait paraître le recueil posthume intitulé *les Destinées*.

1867 : Ratisbonne livre au public le *Journal d'un poète* qui sera considérablement enrichi par la suite.

1912 : En juin et juillet, Fernand Gregh publie *Daphné*.

1958 : M. Jean Sangnier publie *Mémoires inédits, fragments et projets*.

INTRODUCTION

La première de *Chatterton*, le 12 février 1835, fut un triomphe pour Vigny et pour sa principale interprète, Mme Dorval. L'émotion romantique, ce soir-là, toucha aux limites de ce qu'elle pouvait tolérer. Sainte-Beuve et Musset avaient les larmes aux yeux. « Mon cœur saignait, dit Labiche, comme broyé dans un étau. » George Sand, Barbier, Antoni Deschamps pleuraient. Berlioz sanglotait. Maxime Du Camp s'évanouit. Un spectateur à bout de nerfs s'écria, paraît-il : « Assez ». A la dernière scène, dit encore un témoin, il y eut un cri d'horreur, de commisération et d'enthousiasme. *Chatterton* est l'un des plus grands succès que le romantisme ait connus au théâtre; un succès de meilleur aloi que celui d'*Antony* par exemple, ou même d'*Hernani*, parce qu'il ne devait rien ni à la provocation, ni à la cabale.

Les contingences ont beaucoup joué cependant à l'origine de cette pièce. Mme Dorval, dont Vigny était alors l'amant, avait été engagée à la Comédie-Française pour y tenir le rôle d'Adèle dans l'*Antony* de Dumas. Mais ce drame fut interdit sous prétexte d'immoralité. La comédienne se trouvait donc sans emploi. C'est pour lui en fournir un que Vigny, en dix-sept jours, transposa pour la scène l'histoire de Chatterton qu'il avait déjà racontée en 1831 dans la seconde anecdote de *Stello*.

Cette entreprise rencontra des difficultés considérables. Déconcertés peut-être par la nouveauté du drame qu'on leur proposait, ou, plus simplement, pour écarter de leur scène une actrice qui venait du boulevard, les Comédiens-Français refusèrent d'abord la pièce à l'unanimité. Mais l'administrateur, Jouslin de La Salle, se montrait moins sévère. Il tenta d'intéresser Thiers et prêta le manuscrit au duc d'Orléans. Celui-ci le fit lire à la reine. Finalement, c'est une intervention personnelle de Louis-Philippe qui imposa *Chatterton* à la Comédie-Française.

Ce trait peut surprendre, car le souverain bourgeois ne s'est guère piqué de jouer les mécènes. Il se rappelait, sans doute, que Vigny avait défendu le régime en servant dans la garde nationale, et il lui plaisait de marquer sa reconnaissance à un écrivain. Mais il ne voulait pas mécontenter la première troupe du royaume en lui imposant Mme Dorval. Ayant rencontré Vigny au bal de l'Hôtel de Ville, il feignit de croire que le poète avait choisi pour interprète Mlle Mars, et il le félicita de ce choix conciliant. Thiers, quelques jours plus tôt, avait usé de la même feinte au foyer de l'Opéra. Vigny tint bon, cependant, contre ces pressions discrètes, et les répétitions commencèrent dans une atmosphère détestable. Les acteurs se moquaient de Mme Dorval ou étaient de glace avec elle. On gênait son jeu, on coupait ses répliques, on la chansonnait. L'escalier tournant qui est prévu dans le décor soulevait l'indignation : « C'est comme dans *Robert Macaire*, alors ? » disait Geffroy. Inquiétée par ces sarcasmes, l'actrice ne voulut pas répéter son dernier jeu de scène; elle réservait pour le public un effet qui devait déchaîner les applaudissements.

« Le succès de *Chatterton*, dit très bien Bertrand de La Salle, demeure dans les annales du théâtre comme le prototype du succès d'émotion. » Pris de court en quelque sorte par la puissance pathétique de la pièce, les spectateurs s'abandonnèrent à l'enthousiasme; mais la critique, plus pondérée, marqua quelques réserves. Il faut donc faire une part, dans la réussite, aux qualités des acteurs : Joanny (le quaker), Geffroy (Chatterton), et surtout Mme Dorval dont les cris, les larmes, les moindres gestes, selon tous ceux qui l'ont vue, étaient irrésistibles.

Mais il faut reconnaître aussi les mérites de l'auteur et son originalité. *Chatterton* n'est pas seulement un drame parmi les autres, un éclatant succès entre celui de *Henri III* et celui de *Ruy Blas*. Allant comme toujours à l'essentiel, Vigny a composé le drame du romantisme plus encore qu'un drame romantique, une pièce qui a pour sujet le romantisme lui-même, avec ses sortilèges et ses poisons.

Fait curieux : pour exploiter plus rigoureusement ce sujet, pour en aiguiser toutes les cruautés latentes, Vigny néglige la plupart des libertés qu'on venait de conquérir au théâtre. *Chatterton* peut se dérouler dans l'Angleterre du XVIIIe siècle, ce n'est pas un drame historique pour autant. L'auteur ne joue qu'à peine sur la couleur locale et le grand nombre des acteurs; il ne donne pas un large tableau de la vie. Sa pièce ne doit rien à la Préface de *Cromwell.* L'extrême simplicité de l'intrigue, où l'action intérieure est tout, rappellerait plutôt le dépouillement classique. Prenant même ses distances à l'égard de Victor Hugo, Vigny affirme que l'amusement des yeux n'est plus de saison, que les drames « rouges et noirs, couleur de l'enfer » font maintenant sourire, et que les temps sont mûrs pour le théâtre de la pensée. Il respecte, ou peu s'en faut, les unités traditionnelles, alors que, six ans plus tôt, dans la préface du *More de Venise*, il en dénonçait l'anachronisme et la tyrannie. En dépit des apparences, l'unité de ton elle-même est à peu près maintenue. Certes, les plaisanteries des jeunes lords, plus ou moins pris de vin, ce qu'il y a de caricatural aussi dans le personnage du lord-maire, relèvent en un sens de la comédie. Mais ce comique n'apporte aucune détente. Loin d'amuser, il entoure le poète martyr d'une incompréhension navrante. Il donne au malheur un couronnement dérisoire et grinçant. Le comique de Vigny ne prépare pas le quatrième acte de *Ruy Blas* et les bouffonneries de Claudel; il annonce les gardes qu'Anouilh place autour d'Antigone, et, par là, une ressource majeure du théâtre contemporain.

L'intrigue d'amour, enfin, qui court le long du drame, ne joue pas sur les passions échevelées qui étaient alors à la mode. Elle se recommande au contraire par une exceptionnelle discrétion. C'est elle, d'ailleurs, qui prolongera le succès de la pièce quand la thèse ne sera plus au goût du jour. On a évoqué Racine à propos de cet amour qui se sent partout mais ne s'avoue nulle part, sinon sur le seuil de la mort. En fait, Vigny retrouve ici bien plus que les vertus de la litote. Il découvre l'efficacité dramatique du mutisme, la présence que creuse au sein de l'œuvre une passion que l'on tait parce qu'on refuse de se l'avouer et surtout de la vivre.

Plus qu'une tragédie de Racine, *Chatterton* rappelle la manière de Sedaine que Vigny admirait. Il annonce les pièces à thèse et le théâtre libre, car la parenté est sensible entre Kitty et certaines héroïnes d'Ibsen. Reprenant, avec plus de génie, le programme que proposaient les drames du XVIIIe siècle, *Chatterton* développe en milieu bourgeois un tragique quotidien qui ne tient pas à des circonstances exceptionnelles, mais à un rôle social. C'est bien vers la tragédie qu'on s'élève en effet, car le suicide de Chatterton ne doit rien au hasard. Il est la conséquence nécessaire de deux facteurs incompatibles : le génie poétique et la société telle qu'elle est. Si la vraie tragédie exige le tête-à-tête d'un homme et de son destin, constatons que Vigny confronte le poète et cette fatalité que sont les forces sociales.

Il faut comparer au drame le récit de 1831 pour voir comment cette fatalité prend corps, comment elle gagne, du moins, en ampleur et en qualité.

La deuxième histoire de *Stello* voulait établir que le gouvernement représentatif, pétri d'utilitarisme, se désintéresse des poètes. Non qu'il les craigne; mais il les méprise jusqu'à les laisser mourir parce qu'il les juge inutiles à l'enrichissement général. Pour illustrer cette conviction, Vigny, toujours économe de ses moyens, n'opposait que deux personnages : un poète, Chatterton, et le lord-maire qui représente le pouvoir. Ne parlons pas du Docteur Noir qui est un simple narrateur. Quant à Kitty, quelle que soit sa présence dans l'anecdote, elle est inutile à la thèse proprement dite. Elle incarne en somme ce que la société refuse au poète : encouragement, admiration, amour. Surtout, elle amplifie de ses propres souffrances les tourments de Chatterton. Elle leur ajoute une résonance plus pénétrante parce que plus touchante et plus pure. Seulement capable d'aimer et de souffrir, Kitty s'identifie à son rôle de victime, et, comme Laurette dans *le Cachet rouge*, rassemble sur elle toute la cruauté du sort.

Ce sujet très simple passe tel quel dans le drame. Vigny, sans doute, avec un sens très sûr du théâtre, ménage ici les quelques modifications qui sont exigées par la mise en scène. Ce qu'on apprenait dans *Stello* par une longue lettre de Chatterton à Kitty, devient action en 1835, monologue ou dialogues. Mais la thèse ne change pas pour autant; et s'il faut en croire la préface du drame, *Chatterton*, comme *Stello*, accuse le gouvernement bourgeois d'abandonner les poètes à la misère et à la mort.

C'est ainsi, du moins, que le gouvernement l'entendit. Par la bouche de deux députés, Charlemagne et Fulchiron, la société mise en cause riposta en accusant Vigny de préconiser le suicide. Reproche absurde. Outre que pareil programme ferait peu d'adeptes, semble-t-il, même en 1835, Vigny veut évidemment proclamer que les suicides de poètes sont autant de meurtres dont la responsabilité incombe au pouvoir, à la société, et finalement au public. La thèse se détruirait elle-même si elle impliquait une apologie du suicide.

En demandant quelques subsides officiels pour les artistes dans la misère, Vigny a soulevé bien des critiques. Projet inapplicable et absurde, dit-on, parce qu'il favoriserait seulement la paresse et les prétentions des ratés. Il se peut, en effet; encore que la société de 1835, pour ne citer qu'elle, n'ait pas entretenu que des bouches indispensables. C'est pourtant ici que se trouve le point faible du drame. Pour accréditer les revendications de Vigny, il faudrait démontrer d'abord, et non seulement affirmer, que l'art est nécessaire à l'existence humaine. Faute de quoi, le poète, auprès du plus grand nombre, passera longtemps encore pour un fantaisiste sans grande conséquence. Or, si *Chatterton* montre très bien le calvaire d'un artiste et ses vastes aspirations, il ne prouve pas que la poésie soit d'une utilité primaire comme la législation ou l'agriculture. Voilà pourquoi cet élément du drame a vite vieilli. Ce n'est pas à la thèse de *Stello* que *Chatterton* doit son éclatant succès.

Heureusement, le drame, quoi qu'en dise la préface, déborde de partout l'anecdote de 1831. D'une œuvre à l'autre, les additions sont assez importantes pour approfondir le sujet, l'infléchir et finalement le déplacer.

Chatterton, en effet, met en scène plusieurs personnages qui n'apparaissaient pas dans *Stello*. Or aucun d'eux n'appartient au gouvernement. John Bell, qui ne jouait aucun rôle en 1831, passe au premier plan; mais il n'est pas un homme du pouvoir; les jeunes lords non plus; et moins encore ce Bale dont les critiques venimeuses précipitent le suicide de Chatterton. Aucun de ces personnages, du reste, ne s'intéresse au problème politique que devraient poser les artistes malheureux. Bale peut accuser Chatterton de plagiat; il ne conclut pas qu'il faille aider les poètes ou les laisser mourir. Encore sa critique s'attache-t-elle à la poésie. Mais que sont les jeunes lords, sinon des indifférents, superficiels et importuns ? Leurs familiarités et leurs maladresses ne blessent pas le poète en Chatterton, mais l'homme et spécialement l'amoureux, comme elles blessent Kitty, comme elles blesseraient toute sensibilité un peu délicate. Quant à John Bell, sait-il même ce que signifient des mots comme poète et poésie ? Dans son étrange pensionnaire, il ne voit, selon les circonstances, qu'un riche à ménager ou un pauvre qu'il faut mettre à la porte. Il n'a pas de rapports directs avec lui, d'ailleurs, mais seulement avec Kitty, et, plus encore qu'il n'agit dans le drame, il représente une mentalité. John Bell incarne l'exploitation féroce de l'homme par l'homme, du pauvre par le riche, de l'ouvrier par son patron, de la femme par son mari. Il est juste selon une loi qui n'est pas juste devant Dieu. C'est à lui que pense l'auteur quand il résume ainsi son drame : « l'homme spiritualiste étouffé par une société matérialiste où le calculateur avare exploite sans pitié l'intelligence et le travail ». Si l'on ajoute que John Bell terrorise sa femme et ses enfants comme « un vautour qui écrase sa couvée », on comprend qu'il soit une image effrayante, non du pouvoir politique, mais de l'autorité familiale, sociale et morale, celle qui préside aux rapports humains.

Or, tous ces personnages, qui n'ont plus grand-chose à voir avec la thèse de *Stello*, occupent dans le drame une place considérable. Le suicide de Chatterton est provoqué par Bale autant que par le lord-maire. Ce lord-maire, d'autre part, seul représentant du pouvoir, occupe la scène moins longtemps que les jeunes lords, et bien moins souvent que John Bell. Même si l'intervention de ce personnage officiel reste prépondérante dans l'action, il faut bien reconnaître ici un changement de perspective. L'indifférence du gouvernement à l'égard des poètes, seul sujet de *Stello*, n'est plus, en 1835, qu'un facteur parmi d'autres dans le martyre de Chatterton. Et ces divers facteurs ne présentent guère d'unité, sinon qu'ils convergent sur la même victime. A la question assez étroite qui était débattue dans *Stello*, le drame substitue donc un problème bien plus vaste. Il ne s'agit plus seulement de la situation du poète dans la hiérarchie sociale, mais de son existence parmi les hommes, de son existence parmi les autres; les autres étant pour lui un enfer et le condamnant au rôle de paria. Rien ne dit mieux son martyre que l'image du scorpion contraint au suicide dans un cercle de feu.

Ce déplacement du sujet en provoque un autre. A ce niveau en effet, est-ce encore le poète seul qui est mis en cause ?

Considérons les changements qui sont apportés au rôle de Kitty Bell. Dans *Stello*, sa mort, à peine divulguée, prolongeait d'un écho assourdi le suicide de Chatterton, et s'expliquait seulement par un désespoir d'amour. Dans le drame, la jeune femme souffre encore d'une passion malheureuse, mais elle souffre aussi de sa situation sociale. Serve de son mari qui l'exploite et la terrorise, elle est victime du mariage, comme Chatterton est victime de Beckford et de Bale. C'est le destin de Kitty que résume le quaker quand il dit à Rachel : « De frayeur en frayeur, tu passeras ta vie d'esclave. Peur de ton père d'abord, peur de ton mari un jour jusqu'à la délivrance. »

Stello ne suggérait pas cette revendication féministe ; et, à l'intérieur même du drame, il faut en mesurer la juste portée. Kitty tremble devant les colères de son mari ; pourtant, elle est blessée plus douloureusement encore par les plaisanteries des jeunes lords ; plaisanteries vulgaires, il est vrai, mais dépourvues de véritable méchanceté. Si elle souffre, par conséquent, du sort qui est fait aux femmes, elle en souffre surtout à cause de la sensibilité exquise que le sort lui a donnée. Elle incarne une certaine délicatesse de l'âme, proprement féminine, que les autres meurtrissent inévitablement. C'est par là qu'elle rejoint Chatterton. Car si ce jeune homme est poète, c'est parce qu'il porte en lui une imagination ardente et un cœur de sensitive qui le condamnent à vivre en étranger parmi les hommes.

Tel est le thème nouveau qui ordonne toute la matière du drame. « Les hommes, dit le quaker, sont divisés en deux parts : martyrs et bourreaux », et il ajoute que Chatterton et Kitty seront toujours martyrs de tous.

S'il est un trait commun, en effet, à John Bell, Beckford, Talbot, Bale, Skirner, c'est qu'ils sont tous, consciemment ou non, des bourreaux. Les faibles, les pauvres, les femmes, sont pour eux des inférieurs à dominer, des objets dont ils se servent, ne serait-ce que pour s'élever à leurs propres yeux. Peu importe à cet égard qu'un patron traite ses ouvriers comme des machines, que des libertins considèrent une femme comme le simple enjeu d'un pari, ou qu'un critique ne trouve qu'une cible à sa méchanceté dans un poète de dix-huit ans. Tous disposent de cette force qui tient à la grossièreté du cœur et au mépris des autres. Chatterton et Kitty, au contraire, le quaker aussi, n'était sa longue sagesse, sont condamnés au rôle de victimes par leur délicatesse native, par l'incurable faiblesse que leur impose une sensibilité trop fine, trop vive, trop facile à faire saigner, trop attentive au bonheur des autres.

Né dans l'aristocratie alors que cette classe agonisait sous l'effet du code civil, Vigny a toujours cherché une noblesse de remplacement. Vers 1830, il songe à une aristocratie de la pensée qui grouperait poètes et philosophes. Dans *Chatterton*, il nous présente plutôt une aristocratie du cœur, celle des poètes et des femmes, une élite qui refuse de s'imposer aux autres parce qu'elle est seulement capable de les aimer.

Dès lors, l'amour de Chatterton et de Kitty n'est plus une intrigue un peu marginale par rapport au problème que posait *Stello*. Il est au cœur du débat, au contraire. Il est la valeur suprême, la règle de vie, qui s'opposent à la grossièreté, à la violence égoïste, à la fureur de dominer. Cette valeur s'incarne glorieusement dans les poètes parce que l'inspiration, selon Vigny, s'abreuve toujours aux mêmes sources : l'amour, la pitié, la vocation d'assumer toutes les tristesses du monde. En marge des éclats de colère et des éclats de rire, en marge d'une société tumultueuse et impitoyable où triomphent les violents, l'amour affleure à l'existence. « Taciturne », déjà, « et toujours menacé », il entrouvre sa prison, comme les fleurs de la nuit le feront plus tard, dans la complicité du crépuscule.

Chatterton nous offre donc le tableau d'une humanité que polarisent les deux seules conduites qu'on puisse avoir envers les autres : l'amour et la volonté de puissance. Tableau désolant parce qu'il est sans remède : « la maladie des hommes est incurable », dit le quaker; tableau d'autant plus tragique qu'il est éclairé d'une lumière sombre dont *Stello* ne donnait pas l'équivalent.

L'anecdote de 1831 avait le charme doux-amer d'un XVIIIe siècle à la fois sensible et libertin. Le narrateur était un vieux médecin sceptique, souvent amusé, et qui affectait l'indifférence. Kitty savait rire aux plaisanteries de ce docteur. Quant au suicide de Chatterton, il s'expliquait surtout par un mouvement de rage, assez plausible, en somme, chez un poète de dix-huit ans, passionné d'orgueil, génial et incompris.

Le drame, au contraire, nous situe en pleine exaltation romantique, une exaltation nerveuse et presque maladive, toujours sur le point d'exploser. Les événements et les hommes sont jugés par le quaker, un directeur de conscience en quelque sorte, dont le pessimisme a la virulence d'un complexe. Il aime Chatterton, sans aucun doute, et il veut le sauver. En fait, il aggrave son désespoir jusqu'à la déraison. « Je t'aime, lui dit-il, parce que je sais que tout le monde te hait. Tu ne sais pas seulement le nombre des ennemis secrets qui rôdent autour de toi ; mais j'en sais qui te haïssent d'autant plus qu'ils ne te connaissent pas. » Il n'y a plus aucune malice en Kitty Bell, mais une pudeur crispée, fiévreuse et comme traquée. Sa pureté angélique a quelque chose de protestataire ; elle révèle en effet une incapacité grave à vivre dans le réel. Le suicide de Chatterton, enfin, résulte pour une bonne part, maintenant, d'une expérience amère et presque immémoriale qui hausse parfois ce jeune homme jusqu'à la résignation des martyrs. « On me trahit de tous côtés, dit-il, je le vois et me laisse tromper par dédain de moi-même, par ennui de prendre ma défense. » Sans doute, ce Chatterton qui unit l'innocence des enfants et la sagesse des vieillards n'a plus dix-huit ans. En vérité, il n'a pas d'âge ; et le cas humain se dilue un peu dans l'ampleur des symboles. Du moins nous offre-t-il, plus clairement encore que Kitty, la tragédie d'une âme, désadaptée parce qu'elle est trop belle, à qui la réalité ne réserve que des blessures.

Chatterton est une explosion de toutes les rancunes accumulées contre les événements et les hommes. Les jeunes lords, en particulier, procèdent vraisemblablement des gendarmes rouges que l'auteur avait connus quand il était trop pauvre pour figurer dans le monde. Vigny ne délègue à son héros que ses amertumes et ses déboires. Est-ce par délectation morose ? Pour s'en faire une auréole ? Ou pour les conjurer ? En 1835, il dit adieu à sa jeunesse, et s'il n'en veut voir que le passif, c'est peut-être pour la regretter moins. Au-delà, en effet, il ne se présentera plus sous le masque adolescent d'Eloa, de Cinq-Mars ou de Chatterton, mais sous les traits d'hommes mûrs. Il va chercher désormais l'autonomie de sa conscience et une sagesse. Après le succès de son drame, du reste, il ne s'est pas enivré d'orgueil, comme le présumait Maxime Du Camp, mais de foi dans l'avenir (son journal en témoigne), et d'une reconnaissance éperdue pour le public qu'il avait fait pleurer. *Chatterton* marque donc une crise libératrice dans l'existence de Vigny, mais c'est la crise la plus grave peut-être qu'il ait jamais traversée.

Faisons ici la part des circonstances. En 1835, la mère du poète est paralysée, et son caractère qui n'avait jamais été facile, devient insupportable. Lydia malade retient

Vigny à la maison, tandis que Mme Dorval exaspère sa jalousie, lui fait des scènes, exige un rôle. Harcelé de partout, il envie, dans le secret de son journal, le sort du mameluk dont le cœur est libre de toute attache. C'est l'exaspération qui l'inspire, c'est même la tentation du vertige mental. Le poète qu'il met en scène est exclusivement un humilié, un paria, un aristocrate du cœur que la vulgarité ambiante et le déni de ses justes privilèges placent au seuil de la folie : poussées d'exaltation et d'accablement, délire d'orgueil et angoisse de la persécution, repliement sur soi, horreur des autres, hantise du suicide.

Inutile d'invoquer ici les renseignements que l'auteur tiendrait de son ami le docteur Blanche. Les traits qui caractérisent Chatterton sont sous-jacents dans toute l'œuvre de Vigny. Ils en dessinent les lignes de force. Ailleurs, sans doute, ils sont tempérés de sagesse; ils sont même recouverts d'un optimisme à longue portée. Mais optimisme et sagesse, chez Vigny, sont toujours une conquête provisoire et incertaine sur les fantômes qui obsèdent Chatterton.

On admet sans difficulté que Musset avait des hallucinations, que la santé mentale de Balzac, en 1835, était à la merci d'un moindre excès, comme il dit lui-même, que Baudelaire a senti « le vent de l'aile de l'imbécillité », que Hugo a renoncé aux tables tournantes parce que, à cet exercice, sa raison chancelait. Mais on veut croire que Vigny, poète-philosophe, respirait naturellement l'air des cimes, et qu'il a vécu avec les idées pures dans un commerce toujours inoffensif et serein. Jamais, cependant, il n'a proclamé si haut sa volonté d'être sincère qu'à l'occasion de *Chatterton* qui est la plus inquiétante de ses œuvres. *Stello* était déjà une consultation psychiatrique où l'auteur dissociait en lui-même un malade mental et un médecin des âmes. Dans ce livre, il est vrai, l'humour des mots et des images esquivait l'aveu difficile par un jeu perpétuel de cache-cache. C'est dans *Chatterton* que cet aveu s'étale et se répète : l'inspiration est une maladie aux yeux de tous, et tout le monde a raison contre la poésie. Le poète est de trop parmi les hommes. On le déteste parce qu'il est d'une autre race, lui qui a la vocation de l'irréel; et il sera toujours malheureux dans ce monde parce que rien ne remplace à ses yeux ce qu'il voit en rêvant.

Chatterton est le premier des poètes maudits. De Baudelaire jusqu'à nous, sa postérité est longue. Elle n'a pas toujours été reconnaissante. Tous ceux qui cherchent dans la poésie une réponse à notre insatisfaction essentielle, tous ceux qui la découvrent dans un au-delà, qu'il soit imaginaire, religieux, psychanalytique ou simplement verbal, pourraient se réclamer de lui, directement ou non. Mais comme chacun songe surtout à paraître original, on s'est plu très tôt à dénoncer ce qui date dans la pièce de Vigny : l'intention trop visible d'émouvoir, un dolorisme éthéré et volontiers verbeux, trop d'anges, de martyrs, de regards levés au ciel, d'expressions « à la sainte Thérèse »; bref, trop du spiritualisme complaisant qui était de mode sous la Restauration. Au reste, si la révolte de Vigny n'est pas douteuse, elle recule toujours devant ses dernières conséquences. Quand il reproche aux pouvoirs le suicide du poète, ce n'est pas pour lever contre eux le drapeau de l'anarchie, c'est avec l'espoir de les apitoyer. Le prolongement logique de *Chatterton*, c'est seulement une loi qui garantisse la propriété littéraire.

Dans les voies de la révolte, l'anarchisme de Rimbaud a disqualifié définitivement le drame de Vigny, et l'a situé dans l'histoire. Dès lors, cette pièce apparaît comme le testament effervescent et désolé du romantisme. Il est même rare de constater pareille identification entre une école et une œuvre. La génération de 1830 a pleinement reconnu son image dans Chatterton, non pas son image triomphante et empanachée, mais sa face douloureuse et grave, le bilan d'un effort poétique d'autant plus poignant qu'il est consacré par un échec d'Icare. Ce mérite n'est pas mince. Si le romantisme, comme aucun mouvement peut-être, a voulu voir dans la poésie un absolu du bien, et dans le prosaïsme un absolu du mal, s'il a traqué la platitude avec une sorte de fanatisme, Chatterton qui incarne cet enthousiasme et en accepte toutes les conséquences, nous renseigne incomparablement sur la tragédie du poète, sur le drame d'un esprit qui cède à la tentation démesurée de ses rêves.

François GERMAIN.

SOMMAIRE BIBLIOGRAPHIQUE

P.-G. CASTEX : *Vigny, l'homme et l'œuvre*. Boivin, 1952.

G. BONNEFOY : *La Pensée religieuse et morale d'A. de Vigny*. Hachette, 1944.

P. FLOTTES : *La Pensée politique et sociale d'A. de Vigny*. Les Belles Lettres, 1927.

F. GERMAIN : *L'Imagination d'A. de Vigny*. Corti, 1962.

L. PETRONI : *Chatterton*, édition critique. Casa editrice Riccardo Patron, Bologna, 1962.

CHATTERTON

DRAME EN 3 ACTES

Représenté pour la première fois sur le Théâtre-Français
le 12 février 1835

Despair and die.

SHAKESPEARE.

Désespère et meurs.

DERNIÈRE NUIT DE TRAVAIL

DU 29 AU 30 JUIN 1834

Ceci est la question.

Je viens d'achever cet ouvrage austère dans le silence d'un travail de dix-sept nuits. Les bruits de chaque jour l'interrompaient à peine, et, sans s'arrêter, les paroles ont coulé dans le moule qu'avait creusé ma pensée.

A présent que l'ouvrage est accompli, frémissant encore des souffrances qu'il m'a causées, et dans un recueillement aussi saint que la prière, je le considère avec tristesse, et je me demande s'il sera inutile, ou s'il sera écouté des hommes. — Mon âme s'effraye pour eux en considérant combien il faut de temps à la plus simple idée d'un seul pour pénétrer dans le cœur de tous.

Déjà, depuis deux années, j'ai dit par la bouche de *Stello* ce que je vais répéter bientôt par celle de *Chatterton*, et quel bien ai-je fait ? Beaucoup ont lu ce livre et l'ont aimé comme livre, mais peu de cœurs, hélas! en ont été changés.

Les étrangers ont bien voulu en traduire les mots par les mots de leur langue, et leurs pays m'ont ainsi prêté l'oreille. Parmi les hommes qui m'ont écouté, les uns ont applaudi la composition des trois drames suspendus à un même principe, comme trois tableaux à un même support; les autres ont approuvé la manière dont se nouent les arguments aux preuves, les règles aux exemples, les corollaires aux propositions; quelques-uns se sont attachés particulièrement à considérer les pages où se pressent les idées laconiques, serrées comme les combattants d'une épaisse phalange; d'autres ont souri à la vue des couleurs chatoyantes ou sombres du style :

mais les cœurs ont-ils été attendris ? — Rien ne me le prouve. L'endurcissement ne s'amollit point tout à coup par un livre. Il fallait Dieu lui-même pour ce prodige. Le plus grand nombre a dit en jetant ce livre : Cette idée pouvait en effet se défendre. Voilà qui est un assez bon plaidoyer ! — Mais la cause, ô grand Dieu ! la cause pendante à votre tribunal, ils n'y ont plus pensé !

La cause ? c'est le martyre perpétuel et la perpétuelle immolation du Poète. — La cause ? c'est le droit qu'il aurait de vivre. — La cause ? c'est le pain qu'on ne lui donne pas. — La cause ? c'est la mort qu'il est forcé de se donner.

D'où vient ce qui se passe ? Vous ne cessez de vanter l'intelligence, et vous tuez les plus intelligents. Vous les tuez, en leur refusant le pouvoir de vivre selon les conditions de leur nature. — On croirait, à vous voir en faire si bon marché, que c'est une chose commune qu'un Poète. — Songez donc que lorsqu'une nation en a deux en dix siècles, elle se trouve heureuse et s'enorgueillit. Il y a tel peuple qui n'en a pas un, et n'en aura jamais. D'où vient donc ce qui se passe ? Pourquoi tant d'astres éteints dès qu'ils commençaient à poindre ? C'est que vous ne savez pas ce que c'est qu'un Poète, et vous n'y pensez pas.

> Auras-tu donc toujours des yeux pour ne pas voir,
> Jérusalem !

Trois sortes d'hommes, qu'il ne faut pas confondre, agissent sur les sociétés par les travaux de la pensée, mais se remuent dans des régions qui me semblent éternellement séparées.

L'homme habile aux choses de la vie, et toujours apprécié, se voit, parmi nous, à chaque pas. Il est convenable à tout et convenable en tout. Il a une souplesse et une facilité qui tiennent du prodige. Il fait justement ce qu'il a résolu de faire, et dit proprement et nettement ce qu'il veut dire. Rien n'empêche que sa vie soit prudente et compassée comme ses travaux. Il a l'esprit libre, frais et dispos, toujours présent et prêt à la riposte. Dépourvu d'émotions réelles, il renvoie promptement la balle élastique des bons mots. Il écrit les affaires comme la littérature, et rédige la littérature comme les affaires. Il peut s'exercer indifféremment à l'œuvre d'art et à la critique, prenant dans l'une la forme à la mode, dans l'autre la dissertation sentencieuse. Il sait le nombre des paroles que l'on peut réunir pour faire les apparences de la passion, de la mélancolie, de la gravité, de l'érudition et de l'enthousiasme. Mais il n'a que de froides velléités de ces choses, et les devine plus qu'il ne les sent; il les respire de loin comme de vagues odeurs de fleurs inconnues. Il sait la place du mot ou du sentiment, et les chiffrerait au besoin. Il se fait le langage des genres, comme on se fait le masque des visages. Il peut écrire la comédie et l'oraison funèbre, le roman et l'histoire, l'épître et la tragédie, le couplet et le discours politique. Il monte de la grammaire à l'œuvre, au lieu de descendre de l'inspiration au style; il sait façonner tout dans un goût vulgaire et joli, et peut tout ciseler avec agrément, jusqu'à l'éloquence de la passion. — C'est l'HOMME DE LETTRES.

Cet homme est toujours aimé, toujours compris, toujours en vue; comme il est léger et ne pèse à personne, il est porté dans tous les bras où il veut aller; c'est l'aimable roi du moment, tel que le dix-huitième siècle en a tant couronnés. — Cet homme n'a nul besoin de pitié.

Au-dessus de lui est un homme d'une nature plus forte et meilleure. Une conviction profonde et grave est la source où il puise ses œuvres et les répand à larges flots sur un sol dur et souvent ingrat. Il a médité dans la retraite sa philosophie entière; il la voit toute d'un coup d'œil; il la tient dans sa main comme une chaîne, et peut dire à quelle pensée il va suspendre son premier anneau, à laquelle aboutira le dernier, et quelles œuvres pourront s'attacher à tous les autres dans l'avenir. Sa mémoire est riche, exacte et presque infaillible; son jugement est sain, exempt de troubles autres que ceux qu'il cherche, de passions autres que ses colères contenues; il est studieux et calme. Son génie, c'est l'attention portée au degré le plus élevé, c'est le bon sens à sa plus magnifique expression. Son langage est juste, net, franc, grand dans son allure et vigoureux dans ses coups. Il a surtout besoin d'ordre et de clarté, ayant toujours en vue le peuple auquel il parle, et la voie où il conduit ceux qui croient en lui. L'ardeur d'un combat perpétuel enflamme sa vie et ses écrits. Son cœur a de grandes révoltes et des haines larges et sublimes qui le rongent en secret, mais que domine et dissimule son exacte raison. Après tout, il marche le pas qu'il veut, sait jeter des semences à une grande profondeur, et attendre qu'elles aient germé, dans une immobilité effrayante. Il est maître de lui et de beaucoup d'âmes qu'il entraîne du nord au sud, selon son bon vouloir; il tient un peuple dans sa main, et l'opinion qu'on a de lui le tient dans le respect de lui-même, et l'oblige à surveiller sa vie. — C'est le véritable, LE GRAND ECRIVAIN.

Celui-là n'est pas malheureux; il a ce qu'il a voulu avoir; il sera toujours combattu, mais avec des armes courtoises; et quand il donnera des armistices à ses ennemis, il recevra les hommages des deux camps. Vainqueur ou vaincu, son front est couronné. — Il n'a nul besoin de votre pitié.

Mais il est une autre sorte de nature, nature plus passionnée, plus pure et plus rare. Celui qui vient d'elle est inhabile à tout ce qui n'est pas l'œuvre divine, et vient au monde à de rares intervalles, heureusement pour lui, malheureusement pour l'espèce humaine. Il y vient pour être à charge aux autres, quand il appartient complètement à cette race exquise et puissante qui fut celle des grands hommes inspirés. — L'émotion est née avec lui si profonde et si intime, qu'elle l'a plongé, dès l'enfance, dans des extases involontaires, dans des rêveries interminables, dans des inventions infinies. L'imagination le possède par-dessus tout. Puissamment construite, son âme retient et juge toute chose avec une large mémoire et un sens droit et pénétrant; mais l'imagination emporte ses facultés vers le ciel aussi irrésistiblement que le ballon enlève la nacelle. Au moindre choc elle part, au plus petit souffle elle vole et ne cesse d'errer dans l'espace qui n'a pas de routes humaines. Fuite sublime vers des mondes inconnus, vous devenez l'habitude invincible de son âme! Dès lors, plus de rapports avec les hommes qui ne soient altérés et rompus sur quelques points. Sa sensibilité est devenue trop vive; ce qui ne fait qu'effleurer les autres le blesse jusqu'au sang; les affections et les tendresses de sa vie sont écrasantes et disproportionnées; ses enthousiasmes excessifs l'égarent; ses sympathies sont trop vraies; ceux qu'il plaint souffrent moins que lui, et il se meurt des peines des autres. Les dégoûts, les froissements et les résistances de la société humaine le jettent dans des abattements profonds, dans de noires indignations, dans des désolations insurmontables, parce qu'il comprend tout trop complètement et trop profondément, et parce que son œil va droit aux causes qu'il déplore ou dédaigne, quand d'autres yeux s'arrêtent à l'effet qu'ils combattent. De la sorte, il se tait, s'éloigne, se retourne sur lui-même et s'y enferme comme en un cachot. Là, dans l'intérieur de sa tête brûlée, se forme et s'accroît quelque chose de pareil à un volcan. Le feu couve sourdement et lentement dans ce cratère, et laisse échapper ses laves harmonieuses, qui d'elles-mêmes sont jetées dans la divine forme des vers. Mais le jour de l'éruption, le sait-il ? On dirait qu'il assiste en étranger à ce qui se passe en lui-même, tant cela est imprévu et céleste ! Il marche consumé par des ardeurs secrètes et des langueurs inexplicables. Il va comme un malade et ne sait où il va ; il s'égare trois jours, sans savoir où il s'est traîné, comme fit jadis celui qu'aime le mieux la France ; il a besoin de *ne rien faire*, pour faire quelque chose en son art. Il faut qu'il ne fasse rien d'utile et de journalier pour avoir le temps d'écouter les accords qui se forment lentement dans son âme, et que le bruit grossier d'un travail positif et régulier interrompt et fait infailliblement évanouir. — C'est LE POETE. — Celui-là est retranché dès qu'il se montre : toutes vos larmes, toute votre pitié pour lui !

Pardonnez-lui et sauvez-le. Cherchez et trouvez pour lui une vie assurée, car à lui seul il ne saura trouver que la mort ! — C'est dans la première jeunesse qu'il sent sa force naître, qu'il pressent l'avenir de son génie, qu'il étreint d'un amour immense l'humanité et la nature, et c'est alors qu'on se défie de lui et qu'on le repousse.

Il crie à la multitude : C'est à vous que je parle, faites que je vive ! Et la multitude ne l'entend pas ; elle répond : Je ne te comprends point ! Et elle a raison.

Car son langage choisi n'est compris que d'un petit nombre d'hommes choisi lui-même. Il leur crie : Ecoutez-moi, et faites que je vive ! Mais les uns sont enivrés de leurs propres œuvres, les autres sont dédaigneux et veulent dans l'enfant la perfection de l'homme, la plupart sont distraits et indifférents, tous sont impuissants à faire le bien. Ils répondent : Nous ne pouvons rien ! Et ils ont raison.

Il crie au pouvoir : Ecoutez-moi, et faites que je ne meure pas. Mais le pouvoir déclare qu'il ne protège que les intérêts positifs, et qu'il est étranger à l'intelligence, dont il a ombrage ; et cela hautement déclaré et imprimé, il répond : Que ferais-je de vous ? Et il a raison. Tout le monde a raison contre lui. Et lui, a-t-il tort ? — Que faut-il qu'il fasse ? Je ne sais; mais voici ce qu'il peut faire.

Il peut, s'il a de la force, se faire soldat, et passer sa vie sous les armes; une vie agitée, grossière, où l'activité physique *tuera* l'activité morale. Il peut, s'il en a la patience, se condamner aux travaux du chiffre, où le calcul *tuera* l'illusion. Il peut encore, si son cœur ne se soulève pas trop violemment, courber et amoindrir sa pensée, et cesser de chanter pour écrire. Il peut être Homme de lettres, ou mieux encore; si la philosophie vient à son aide, et s'il peut se dompter, il deviendra utile et grand écrivain; mais à la longue, le jugement aura *tué* l'imagination, et avec elle, hélas! le vrai Poème qu'elle portait dans son sein.

Dans tous les cas il *tuera* une partie de lui-même; mais, pour ces demi-suicides, pour ces immenses résignations, il faut encore une force rare. Si elle ne lui a pas été donnée, cette force, ou si les occasions de l'employer ne se trouvent pas sur sa route, et lui manquent, même pour s'immoler; si, plongé dans cette lente destruction de lui-même, il ne s'y peut tenir, quel parti prendre ?

Celui que prit Chatterton : se tuer tout entier; il reste peu à faire.

Le voilà donc criminel! criminel devant Dieu et les hommes. Car LE SUICIDE EST UN CRIME RELIGIEUX ET SOCIAL. Qui veut le nier ? qui pense à dire autre chose ? — C'est ma conviction, comme c'est, je crois, celle de tout le monde. Voilà qui est bien entendu. — Le devoir et la raison le disent. Il ne s'agit que de savoir si le désespoir n'est pas quelque chose d'un peu plus fort que la raison et le devoir.

Certes, on trouverait des choses bien sages à dire à Roméo sur la tombe de Juliette, mais le malheur est que personne n'oserait ouvrir la bouche pour les prononcer devant une telle douleur. Songez à ceci! la Raison est une puissance froide et lente qui nous lie peu à peu par les idées qu'elle apporte l'une après l'autre, comme les liens subtils, déliés et innombrables de Gulliver; elle persuade, elle impose quand le cours ordinaire des jours n'est que peu troublé; mais le Désespoir véritable est une puissance dévorante, irrésistible, hors des raisonnements, et qui commence par tuer la pensée d'un seul coup. Le Désespoir n'est pas une idée; c'est une chose, une chose qui torture, qui serre et qui broie le cœur d'un homme comme une tenaille, jusqu'à ce qu'il soit fou et se jette dans la mort comme dans les bras d'une mère.

Est-ce lui qui est coupable, dites-le moi ? ou bien est-ce la société qui le traque ainsi jusqu'au bout ?

Examinons ceci; on peut trouver que c'en est la peine.

Il y a un jeu atroce, commun aux enfants du Midi; tout le monde le sait. On forme un cercle de charbons ardents; on saisit un scorpion avec des pinces et on le pose au centre. Il demeure d'abord immobile jusqu'à ce que la chaleur le brûle; alors il s'effraye et s'agite. On rit. Il se décide vite, marche droit à la flamme, et tente courageusement de se frayer une route à travers les charbons; mais la douleur est excessive, il se retire. On rit. Il fait lentement le tour du cercle et cherche partout un passage impossible. Alors il revient au centre et rentre dans sa première mais plus sombre immobilité. Enfin, il prend son parti, retourne contre lui-même son dard empoisonné, et tombe mort sur-le-champ. On rit plus fort que jamais.

C'est lui sans doute qui est cruel et coupable, et ces enfants sont bons et innocents.

Quand un homme meurt de cette manière, est-il donc Suicide ? C'est la société qui le jette dans le brasier.

Je le répète, la religion et la raison, idées sublimes, sont des idées cependant, et il y a telle cause de désespoir extrême qui tue les idées d'abord et l'homme ensuite : la faim par exemple. — J'espère être assez positif. Ceci n'est pas de l'idéologie.

Il me sera donc permis peut-être de dire timidement qu'il serait bon de ne pas laisser un homme arriver jusqu'à ce degré de désespoir.

Je ne demande à la société que ce qu'elle peut faire. Je ne la prierai point d'empêcher les peines de cœur et les infortunes idéales, de faire que Werther et Saint-Preux n'aiment ni Charlotte ni Julie d'Etanges; je ne la prierai pas d'empêcher qu'un riche désœuvré, roué et blasé, ne quitte la vie par dégoût de lui-même et des autres. Il y a, je le sais, mille idées de désolation auxquelles on ne peut rien. — Raison de plus, ce me semble, pour penser à celles auxquelles on peut quelque chose.

L'infirmité de l'inspiration est peut-être ridicule et malséante; je le veux. Mais on pourrait ne pas laisser mourir cette sorte de malades. Ils sont toujours peu nombreux, et je ne puis me refuser à croire qu'ils ont quelque valeur, puisque l'humanité est unanime sur leur grandeur, et les déclare immortels sur quelques vers : quand ils sont morts, il est vrai.

Je sais bien que la rareté même de ces hommes inspirés et malheureux semblera prouver contre ce que j'ai écrit. — Sans doute, l'ébauche imparfaite que j'ai tentée de ces natures divines ne peut retracer que quelques traits des grandes figures du passé. On dira que les symptômes du génie se montrent sans enfantement ou ne produisent que des œuvres avortées; que tout homme jeune et rêveur n'est pas poète pour cela; que des essais ne sont pas des preuves; que quelques vers ne donnent pas des droits. — Et qu'en savons-nous ? Qui donc nous donne à nous-mêmes le droit d'étouffer le gland en disant qu'il ne sera pas chêne ?

Je dis, moi, que quelques vers suffiraient à les faire reconnaître de leur vivant, si l'on savait y regarder. Qui ne dit à présent qu'il eût donné tout au moins une pension alimentaire à André Chénier sur l'ode de *la Jeune Captive* seulement, et l'eût déclaré poète sur les trente vers de *Myrto ?* Mais je suis assuré que, durant sa vie (et il n'y a pas longtemps de cela), on ne pensait pas ainsi; car il disait :

> Las du mépris des sots qui suit la pauvreté,
> Je regarde la tombe, asile souhaité.

Jean La Fontaine a gravé pour vous d'avance sur sa pierre avec son insouciance désespérée :

> Jean s'en alla comme il était venu,
> Mangeant son fonds avec son revenu.

Mais, sans ce *fonds*, qu'eût-il fait ? à quoi, s'il vous plaît, *était-il bon ?* Il vous le dit : à dormir et ne rien faire. Il fût infailliblement mort de faim.

Les beaux vers, il faut dire le mot, sont une marchandise qui ne plaît pas au commun des hommes. Or, la multitude seule multiplie le salaire; et, dans les plus belles des nations, la multitude ne cesse qu'à la longue d'être *commune* dans ses goûts et d'aimer ce qui est *commun.* Elle ne peut arriver qu'après une lente instruction donnée par les esprits d'élite; et, en attendant, elle écrase sous tous ses pieds les talents naissants, dont elle n'entend même pas les cris de détresse.

Eh! n'entendez-vous pas le bruit des pistolets solitaires ? Leur explosion est bien plus éloquente que ma faible voix. N'entendez-vous pas ces jeunes désespérés qui demandent le pain quotidien, et dont personne ne paye le travail ? Eh quoi ! les nations manquent-elles à ce point de superflu ? Ne prendrons-nous pas, sur les palais et les milliards que nous donnons, une mansarde et un pain pour ceux qui tentent sans cesse d'idéaliser leur nation malgré elle ? Cesserons-nous de leur dire : Désespère et meurs ; *despair and die ?* — C'est au législateur à guérir cette plaie, l'une des plus vives et des plus profondes de notre corps social ; c'est à lui qu'il appartient de réaliser dans le présent une partie des jugements meilleurs de l'avenir, en assurant quelques années d'existence seulement à tout homme qui aurait donné un seul gage du talent divin. Il ne lui faut que deux choses : la vie et la rêverie ; le PAIN et le TEMPS.

Voilà le sentiment et le vœu qui m'a fait écrire ce drame ; je ne descendrai pas de cette question à celle de la forme d'art que j'ai créée. La vanité la plus vaine est peut-être celle des théories littéraires. Je ne cesse de m'étonner qu'il y ait eu des hommes qui aient pu croire de bonne foi, durant un jour entier, à la durée des règles qu'ils écrivaient. Une idée vient au monde tout armée, comme Minerve ; elle revêt en naissant la seule armure qui lui convienne et qui doive dans l'avenir être sa forme durable : l'une, aujourd'hui, aura un vêtement composé de mille pièces ; l'autre, demain, un vêtement simple. Si elle paraît belle à tous, on se hâte de calquer sa forme et de prendre sa mesure ; les rhéteurs notent ses dimensions pour qu'à l'avenir on en taille de semblables. Soin puéril ! — Il n'y a ni maître ni école en poésie ; le seul maître, c'est celui qui daigne faire descendre dans l'homme l'émotion féconde, et faire sortir les idées de nos fronts, qui en sont brisés quelquefois.

Puisse cette forme ne pas être renversée par l'assemblée qui la jugera dans six mois ! avec elle périrait un plaidoyer en faveur de quelques infortunés inconnus ; mais je crois trop pour craindre beaucoup. — Je crois surtout à l'avenir et au besoin universel de choses sérieuses ; maintenant que l'amusement des yeux par des surprises enfantines fait sourire tout le monde au milieu même de ses grandes aventures, c'est, ce me semble, le temps du DRAME DE LA PENSÉE.

Une idée qui est l'examen d'une blessure de l'âme devait avoir dans sa forme l'unité la plus complète, la simplicité la plus sévère. S'il existait une intrigue moins compliquée que celle-ci, je la choisirais. L'action matérielle est assez peu de chose pourtant. Je ne crois pas que personne la réduise à une plus simple expression que moi-même je ne le vais faire : — C'est l'histoire d'un homme qui a écrit une lettre le matin, et qui attend la réponse jusqu'au soir; elle arrive, et le tue. — Mais ici l'action morale est tout. L'action est dans cette âme livrée à de noires tempêtes; elle est dans les cœurs de cette jeune femme et de ce vieillard qui assistent à la tourmente, cherchant en vain à retarder le naufrage, et luttent contre un ciel et une mer si terribles que le bien est impuissant, et entraîné lui-même dans le désastre inévitable.

J'ai voulu montrer l'homme spiritualiste étouffé par une société matérialiste, où le calculateur avare exploite sans pitié l'intelligence et le travail. Je n'ai point prétendu justifier les actes désespérés des malheureux, mais protester contre l'indifférence qui les y contraint. Peut-on frapper trop fort sur l'indifférence si difficile à éveiller, sur la distraction si difficile à fixer ? Y a-t-il un autre moyen de toucher la société que de lui montrer la torture de ses victimes ?

Le Poète était tout pour moi : Chatterton n'était qu'un nom d'homme, et je viens d'écarter à dessein des faits exacts de sa vie pour ne prendre de sa destinée que ce qui la rend un exemple à jamais déplorable d'une noble misère.

Toi que tes compatriotes appellent aujourd'hui *merveilleux enfant!* que tu aies été juste ou non, tu as été malheureux; j'en suis certain, et cela me suffit. — Ame désolée, pauvre âme de dix-huit ans! pardonne-moi de prendre pour symbole le nom que tu portais sur la terre, et de tenter le bien en ton nom.

Ecrit du 29 au 30 juin 1834.

CARACTÈRES ET COSTUMES
DES RÔLES PRINCIPAUX

Epoque : 1770

La scène est à Londres

CHATTERTON

Caractère

Jeune homme de dix-huit ans, pâle, énergique de visage, faible de corps, épuisé de veilles et de pensée, simple et élégant à la fois dans ses manières, timide et tendre devant Kitty Bell, amical et bon avec le quaker, fier avec les autres, et sur la défensive avec tout le monde : grave et passionné dans l'accent et le langage.

Costume

Habit noir, veste noire, pantalon gris, bottes molles, cheveux bruns, sans poudre, tombant un peu en désordre; l'air à la fois militaire et ecclésiastique.

KITTY BELL

Caractère

Jeune femme de vingt-deux ans environ, mélancolique, gracieuse, élégante par nature plus que par éducation, réservée, religieuse, timide dans ses manières, tremblante devant son mari, expansive et abandonnée seulement dans son amour maternel. Sa pitié pour Chatterton va devenir de l'amour, elle le sent, elle en frémit; la réserve qu'elle s'impose en devient plus grande; tout doit indiquer, dès qu'on la voit, qu'une douleur imprévue et une subite terreur peuvent la faire mourir tout à coup.

Costume

Chapeau de velours noir, de ceux qu'on nomme à la Paméla; robe longue, de soie grise; rubans noirs : longs cheveux bouclés dont les repentirs flottent sur le sein.

LE QUAKER

Caractère

Vieillard de quatre-vingts ans, sain et robuste de corps et d'âme, énergique et chaleureux dans son accent, d'une bonté paternelle pour ceux qui l'entourent, les surveillant en silence et les dirigeant sans vouloir les heurter; humoriste et misanthropique lorsqu'il voit les vices de la société; irrité contre elle et indulgent pour chaque homme en particulier, il ne se sert de son esprit mordant que lorsque l'indignation l'emporte; son regard est pénétrant, mais il feint de n'avoir rien vu pour être maître de sa conduite; ami de la maison et attentif à l'accomplissement de tous les devoirs et au maintien de l'ordre et de la paix, chacun en secret l'avoue pour directeur de son âme et de sa vie.

Costume

Habit, veste, culotte, bas couleur noisette, brun clair ou gris; grand chapeau rond à larges bords; cheveux blancs aplatis et tombants.

JOHN BELL

Caractère

Homme de quarante-cinq à cinquante ans, vigoureux, rouge de visage, gonflé d'ale, de porter et de roastbeef, étalant dans sa démarche l'aplomb de sa richesse : le regard soupçonneux, dominateur; avare et jaloux, brusque dans ses manières, et faisant sentir le maître à chaque geste et à chaque mot.

Costume

Cheveux plats sans poudre, large et simple habit brun.

LORD BECKFORD

Caractère

Vieillard riche, important; figure de protecteur sot; les joues orgueilleuses, satisfaites, pendant sur une cravate brodée; un pas ferme et imposant. Rempli d'estime pour la richesse et de mépris pour la pauvreté.

Costume

Collier de lord-maire au cou; habit riche, veste de brocart, grande canne à pomme d'or.

LORD TALBOT

Caractère

Fat et bon garçon à la fois, joyeux compagnon, étourdi et vif de manières, ennemi de toute application et heureux surtout d'être délivré de tout spectacle triste et de toute affaire sérieuse.

Costume

Habit de chasse rouge, ceinture de chamois, culotte de peau, cheveux à grosse queue légèrement poudrés, casquette noire vernie.

NOTA. — Les personnages sont placés sur le théâtre dans l'ordre de l'inscription de leurs noms en tête de chaque scène, et il est entendu que les termes de droite et de gauche s'appliquent au spectateur.

PERSONNAGES

ET DISTRIBUTION DES RÔLES

telle qu'elle eut lieu à la Comédie-Française
Le 12 février 1835

CHATTERTON	M. GEFFROY
UN QUAKER	M. JOANNY
KITTY BELL	Mme DORVAL
JOHN BELL	M. GUIAUD
LORD BECKFORD (lord-maire de Londres) . . .	M. DUPARAY
LORD TALBOT	M. MIRECOUR
LORD LAUDERDALE	M. MATHIEN
LORD KINGSTON	M. WELSCH
UN GROOM	M. MONLAUR
UN OUVRIER	M. FAURE

Rachel, fille de Kitty Bell, âgée de six ans.
Son frère, jeune garçon de quatre ans.
Trois jeunes Lords.
Douze Ouvriers de la fabrique de John Bell.
Domestiques du lord-maire.
Domestique de John Bell.
Un Groom.

ACTE PREMIER

La scène représente un vaste appartement; arrière-boutique opulente et confortable de la maison de John Bell. A gauche du spectateur, une cheminée pleine de charbon de terre allumé. A droite, la porte de la chambre à coucher de Kitty Bell. Au fond, une grande porte vitrée : à travers les petits carreaux on aperçoit une riche boutique; un grand escalier tournant conduit à plusieurs portes étroites et sombres, parmi lesquelles se trouve la porte de la petite chambre de Chatterton.

Le Quaker lit dans un coin de la chambre, à gauche du spectateur. A droite est assise Kitty Bell; à ses pieds un enfant assis sur un tabouret; une jeune fille debout à côté d'elle.

SCÈNE PREMIÈRE

LE QUAKER, KITTY BELL, RACHEL

KITTY BELL *(à sa fille, qui montre un livre à son frère)*

Il me semble que j'entends parler monsieur; ne faites pas de bruit, enfants. *(Au Quaker.)* Ne pensez-vous pas qu'il arrive quelque chose ? *(Le Quaker hausse les épaules.)* Mon Dieu! votre père est en colère! certainement, il est fort en colère; je l'entends bien au son de sa voix. — Ne jouez pas, je vous en prie, Rachel. *(Elle laisse tomber son ouvrage et écoute.)* Il me semble qu'il s'apaise, n'est-ce pas, monsieur ? *(Le Quaker fait signe que oui, et continue sa lecture.)* N'essayez pas ce petit collier, Rachel; ce sont des vanités du monde que nous ne devons pas même toucher. — Mais qui donc vous a donné ce livre-là ? C'est une Bible; qui vous l'a donnée, s'il vous plaît ? Je suis sûre que c'est le jeune monsieur qui demeure ici depuis trois mois.

RACHEL

Oui, maman.

KITTY BELL

Oh ! mon Dieu ! qu'a-t-elle fait là ! — Je vous ai défendu de rien accepter, ma fille, et rien surtout de ce pauvre jeune homme. — Quand donc l'avez-vous vu, mon enfant ? Je sais que vous êtes allée ce matin, avec votre frère, l'embrasser dans sa chambre. Pourquoi êtes-vous entrés chez lui, mes enfants ? C'est bien mal ! *(Elle les embrasse.)* Je suis certaine qu'il écrivait encore, car depuis hier au soir sa lampe brûlait toujours.

RACHEL

Oui, et il pleurait.

KITTY BELL

Il pleurait ! Allons, taisez-vous ! ne parlez de cela à personne ; vous irez rendre ce livre à M. Tom quand il vous appellera ; mais ne le dérangez jamais, et ne recevez de lui aucun présent. Vous voyez que depuis trois mois qu'il loge ici, je ne lui ai même pas parlé une fois, et vous avez accepté quelque chose, un livre. Ce n'est pas bien. — Allez... allez embrasser le bon quaker. — Allez, c'est bien le meilleur ami que Dieu nous ait donné.

Les enfants courent s'asseoir sur les genoux du Quaker.

LE QUAKER

Venez sur mes genoux tous deux, et écoutez-moi bien. — Vous allez dire à votre bonne petite mère que son cœur est simple, pur et véritablement chrétien ; mais qu'elle est plus enfant que vous dans sa conduite, qu'elle n'a pas assez réfléchi à ce qu'elle vient de vous ordonner, et que je la prie de considérer que rendre à un malheureux le cadeau qu'il a fait, c'est l'humilier et lui faire mesurer toute sa misère.

KITTY BELL *(s'élance de sa place)*

Oh ! il a raison ! il a mille fois raison ! — Donnez, donnez-moi ce livre, Rachel. — Il faut le garder, ma fille ! le garder toute ta vie. — Ta mère s'est trompée. — Notre ami a toujours raison.

LE QUAKER *(ému et lui baisant la main)*

Ah ! Kitty Bell ! Kitty Bell ! âme simple et tourmentée ! — Ne dis point cela de moi. — Il n'y a pas de sagesse humaine. — Tu le vois bien, si j'avais raison au fond, j'ai eu tort dans la forme. — Devais-je avertir les enfants de l'erreur légère de leur mère ? — Il n'y a pas, ô Kitty Bell, il n'y a pas si belle pensée à laquelle ne soit supérieur un des élans de ton cœur chaleureux, un des soupirs de ton âme tendre et modeste.

On entend une voix tonnante.

KITTY BELL *(effrayée)*

Oh! mon Dieu! encore en colère. — La voix de leur père me répond là! *(Elle porte la main à son cœur.)* Je ne puis plus respirer. — Cette voix me brise le cœur. — Que lui a-t-on fait ? encore une colère comme hier au soir. *(Elle tombe sur un fauteuil.)* J'ai besoin d'être assise. — N'est-ce pas comme un orage qui vient ? et tous les orages tombent sur mon pauvre cœur.

LE QUAKER

Ah! je sais ce qui monte à la tête de votre seigneur et maître : c'est une querelle avec les ouvriers de sa fabrique. — Ils viennent de lui envoyer, de Norton à Londres, une députation pour demander la grâce d'un de leurs compagnons. Les pauvres gens ont fait bien vainement une lieue à pied! — Retirez-vous tous les trois... vous êtes inutiles ici. — Cet homme-là vous tuera... c'est une espèce de vautour qui écrase sa couvée.

Kitty Bell sort, la main sur son cœur, en s'appuyant sur la tête de son fils, qu'elle emmène avec Rachel.

SCÈNE II

LE QUAKER, JOHN BELL, UN GROUPE D'OUVRIERS

LE QUAKER *(seul, regardant arriver John Bell)*

Le voilà en fureur... Voilà l'homme riche, le spéculateur heureux; voilà l'égoïste par excellence, le juste selon la loi.

JOHN BELL *(vingt ouvriers le suivent en silence et s'arrêtent contre la porte)*

(Aux ouvriers avec colère.) Non, non, non, non! — Vous travaillerez davantage, voilà tout.

UN OUVRIER *(à ses camarades)*

Et vous gagnerez moins, voilà tout.

JOHN BELL

Si je savais qui a répondu cela, je le chasserais sur-le-champ comme l'autre.

LE QUAKER

Bien dit, John Bell! tu es beau précisément comme un monarque au milieu de ses sujets.

JOHN BELL

Comme vous êtes quaker, je ne vous écoute pas, vous; mais si je savais lequel de ceux-là vient de parler! Ah!... l'homme sans foi que celui qui a dit cette parole! Ne m'avez-vous pas tous vu compagnon parmi vous ? Comment suis-je arrivé au bien-être que l'on me voit ? Ai-je acheté tout d'un coup toutes les maisons de Norton avec sa fabrique ? Si j'en suis le seul maître à présent, n'ai-je pas donné l'exemple du travail et de l'économie ? N'est-ce pas en plaçant les produits de ma journée que j'ai nourri mon année ? Me suis-je montré paresseux ou prodigue dans ma conduite ? — Que chacun agisse ainsi, et il deviendra aussi riche que moi. Les machines diminuent votre salaire, mais elles augmentent le mien; j'en suis très fâché pour vous, mais très content pour moi. Si les machines vous appartenaient, je trouverais très bon que leur production vous appartînt; mais j'ai acheté les mécaniques avec l'argent que mes bras ont gagné : faites de même, soyez laborieux, et surtout économes. — Rappelez-vous bien ce sage proverbe de nos pères : « Gardons bien les sous, les schellings se gardent eux-mêmes. » Et à présent, qu'on ne me parle plus de Tobie; il est chassé pour toujours. Retirez-vous sans rien dire, parce que le premier qui parlera sera chassé, comme lui, de la fabrique, et n'aura ni pain, ni logement, ni travail dans le village.

Ils sortent.

LE QUAKER

Courage, ami! je n'ai jamais entendu au parlement un raisonnement plus sain que le tien.

JOHN BELL *(revient encore irrité et s'essuyant le visage)*

Et vous, ne profitez pas de ce que vous êtes quaker pour troubler tout, partout où vous êtes. — Vous parlez rarement, mais vous devriez ne parler jamais. — Vous jetez au milieu des actions des paroles qui sont comme des coups de couteau.

LE QUAKER

Ce n'est que du bon sens, maître John; et quand les hommes sont fous, cela leur fait mal à la tête. Mais je n'en ai pas de remords; l'impression d'un mot vrai ne dure pas plus que le temps de le dire; c'est l'affaire d'un moment.

JOHN BELL

Ce n'est pas là mon idée : vous savez que j'aime assez à raisonner avec vous sur la politique; mais vous mesurez tout à votre toise, et vous avez tort. La secte de vos quakers est déjà une exception dans la chrétienté, et vous êtes vous-même une exception parmi les quakers. — Vous avez partagé tous vos biens entre vos neveux; vous ne possédez plus rien qu'une chétive subsistance, et vous achevez votre vie dans l'immobilité et la méditation. — Cela vous convient, je le veux; mais ce que je ne veux pas, c'est que, dans ma maison, vous veniez, en public, autoriser mes inférieurs à l'insolence.

LE QUAKER

Eh! que te fait, je te prie, leur insolence ? Le bêlement de tes moutons t'a-t-il jamais empêché de les tondre et de les manger ? — Y a-t-il un seul de ces hommes dont tu ne puisses vendre le lit ? Y a-t-il dans le bourg de Norton une seule famille qui n'envoie ses petits garçons et ses filles tousser et pâlir en travaillant tes laines ? Quelle maison ne t'appartient pas et n'est chèrement louée par toi ? Quelle minute de leur existence ne t'est pas donnée ? Quelle goutte de sueur ne te rapporte un schelling ? La terre de Norton, avec les maisons et les familles, est portée dans ta main comme le globe dans la main de Charlemagne. — Tu es le baron absolu de ta fabrique féodale.

JOHN BELL

C'est vrai, mais c'est juste. — La terre est à moi, parce que je l'ai achetée; les maisons, parce que je les ai bâties; les habitants, parce que je les loge; et leur travail, parce que je le paye. Je suis juste selon la loi.

LE QUAKER

Et ta loi est-elle juste selon Dieu ?

JOHN BELL

Si vous n'étiez quaker, vous seriez pendu pour parler ainsi.

LE QUAKER

Je me pendrais moi-même plutôt que de parler autrement, car j'ai pour toi une amitié véritable.

JOHN BELL

S'il n'était vrai, docteur, que vous êtes mon ami depuis vingt ans, et que vous avez sauvé un de mes enfants, je ne vous reverrais jamais.

LE QUAKER

Tant pis, car je ne te sauverais plus toi-même, quand tu es plus aveuglé par la folie jalouse des spéculateurs que les enfants par la faiblesse de leur âge. — Je désire que tu ne chasses pas ce malheureux ouvrier. — Je ne te le demande pas, parce que je n'ai jamais rien demandé à personne, mais je te le conseille.

JOHN BELL

Ce qui est fait est fait. — Que n'agissent-ils tous comme moi ! — Que tout travaille et serve dans leur famille. — Ne fais-je pas travailler ma femme, moi ? — Jamais on ne la voit, mais elle est ici tout le jour ; et tout en baissant les yeux, elle s'en sert pour travailler beaucoup. — Malgré mes ateliers et mes fabriques aux environs de Londres, je veux qu'elle continue à diriger du fond de ses appartements cette maison de plaisance, où viennent les lords, au retour du parlement, de la chasse ou de Hyde-Park. Cela me fait de bonnes relations que j'utilise plus tard. — Tobie était un ouvrier habile, mais sans prévoyance. — Un calculateur véritable ne laisse rien subsister d'inutile autour de lui. — Tout doit rapporter, les choses animées et inanimées. — La terre est féconde, l'argent est aussi fertile, et le temps rapporte l'argent. — Or les femmes ont des années comme nous, donc c'est perdre un bon revenu que de laisser passer ce temps sans emploi. — Tobie a laissé sa femme et ses filles dans la paresse ; c'est un malheur très grand pour lui, mais je n'en suis pas responsable.

LE QUAKER

Il s'est rompu le bras dans une de tes machines.

JOHN BELL

Oui, et même il a rompu la machine.

LE QUAKER

Et je suis sûr que dans ton cœur tu regrettes plus le ressort de fer que le ressort de chair et de sang : va, ton cœur est d'acier comme tes mécaniques. — La Société deviendra comme ton cœur, elle aura pour dieu un lingot d'or et pour Souverain-Pontife un usurier juif. — Mais ce n'est pas ta faute, tu agis fort bien selon ce que tu as trouvé autour de toi en venant sur la terre; je ne t'en veux pas du tout, tu as été conséquent, c'est une qualité rare. — Seulement, si tu ne veux pas me laisser parler, laisse-moi lire.

Il reprend son livre et se retourne dans son fauteuil.

JOHN BELL *(ouvre la porte de sa femme avec force)*

Mistress Bell! venez ici.

SCÈNE III

LES PRÉCÉDENTS, KITTY BELL

KITTY BELL *(avec effroi, tenant ses enfants par la main. Ils se cachent dans la robe de leur mère par crainte de leur père)*

Me voici.

JOHN BELL

Les comptes de la journée d'hier, s'il vous plaît ? — Ce jeune homme qui loge là-haut n'a-t-il pas d'autre nom que Tom ? ou Thomas ?... J'espère qu'il en sortira bientôt.

KITTY BELL

(Elle va prendre un registre sur une table, et le lui apporte.) Il n'a écrit que ce nom-là sur nos registres en louant cette petite chambre. — Voici mes comptes du jour avec ceux des derniers mois.

JOHN BELL

(Il lit les comptes sur le registre.) Catherine! vous n'êtes plus aussi exacte. *(Il s'interrompt et la regarde en face*

avec un air de défiance.) Il veille toute la nuit, ce Tom ? — C'est bien étrange. — Il a l'air fort misérable. *(Revenant au registre, qu'il parcourt des yeux.)* Vous n'êtes plus aussi exacte.

KITTY BELL

Mon Dieu ! pour quelle raison me dire cela ?

JOHN BELL

Ne la soupçonnez-vous pas, mistress Bell ?

KITTY BELL

Serait-ce parce que les chiffres sont mal disposés ?

JOHN BELL

La plus sincère met de la finesse partout. Ne pouvez-vous pas répondre droit et regarder en face ?

KITTY BELL

Mais enfin, que trouvez-vous là qui vous fâche ?

JOHN BELL

C'est ce que je ne trouve pas qui me fâche, et dont l'absence m'étonne...

KITTY BELL *(avec embarras)*

Mais il n'y a qu'à voir, je ne sais pas bien.

JOHN BELL

Il manque là cinq ou six guinées ; à la première vue, j'en suis sûr.

KITTY BELL

Voulez-vous m'expliquer comment ?...

JOHN BELL *(la prenant par le bras)*

Passez dans votre chambre, s'il vous plaît, vous serez moins distraite. — Les enfants sont désœuvrés, je n'aime pas cela. — Ma maison n'est plus si bien tenue. Rachel est trop décolletée : je n'aime pas du tout cela... *(Rachel court se jeter entre les jambes du Quaker. John Bell poursuit en s'adressant à Kitty Bell, qui est entrée dans sa chambre à coucher avant lui.)* Me voici, me voici ; recommencez cette colonne et multipliez par sept.

Il entre dans la chambre après Kitty Bell.

SCÈNE IV

LE QUAKER, RACHEL

RACHEL

J'ai peur.

LE QUAKER

De frayeur en frayeur, tu passeras ta vie d'esclave. Peur de ton père, peur de ton mari un jour, jusqu'à la délivrance. *(Ici on voit Chatterton sortir de sa chambre et descendre lentement l'escalier. — Il s'arrête et regarde le vieillard et l'enfant.)* — Joue, belle enfant, jusqu'à ce que tu sois femme; oublie jusque-là, et après, oublie encore si tu peux. Joue toujours et ne réfléchis jamais. Viens sur mon genou. — Là. — Tu pleures! tu caches ta tête dans ma poitrine. Regarde, regarde, voilà ton ami qui descend.

SCÈNE V

LE QUAKER, RACHEL, CHATTERTON

CHATTERTON *(après avoir embrassé Rachel, qui court au-devant de lui, donne la main au Quaker)*

Bonjour, mon sévère ami.

LE QUAKER

Pas assez comme ami, et pas assez comme médecin. Ton âme te ronge le corps. Tes mains sont brûlantes et ton visage est pâle. — Combien de temps espères-tu vivre ainsi ?

CHATTERTON

Le moins possible. — Mistress Bell n'est-elle pas ici ?

LE QUAKER

Ta vie n'est-elle donc utile à personne ?

CHATTERTON

Au contraire, ma vie est de trop à tout le monde.

LE QUAKER

Crois-tu fermement ce que tu dis ?

CHATTERTON

Aussi fermement que vous croyez à la charité chrétienne.

Il sourit avec amertume.

LE QUAKER

Quel âge as-tu donc ? Ton cœur est pur et jeune comme celui de Rachel, et ton esprit expérimenté est vieux comme le mien.

CHATTERTON

J'aurai demain dix-huit ans.

LE QUAKER

Pauvre enfant !

CHATTERTON

Pauvre ? oui. — Enfant ? non... j'ai vécu mille ans !

LE QUAKER

Ce ne serait pas assez pour savoir la moitié de ce qu'il y a de mal parmi les hommes. — Mais la science universelle, c'est l'infortune.

CHATTERTON

Je suis donc bien savant !... Mais j'ai cru que mistress Bell était ici. — Je viens d'écrire une lettre qui m'a bien coûté.

LE QUAKER

Je crains que tu ne sois trop bon. Je t'ai bien dit de prendre garde à cela. Les hommes sont divisés en deux parts : martyrs et bourreaux. Tu seras toujours martyr de tous, comme la mère de cette enfant-là.

CHATTERTON *(avec un élan violent)*

La bonté d'un homme ne le rend victime que jusqu'où il le veut bien, et l'affranchissement est dans sa main.

LE QUAKER

Qu'entends-tu par là ?

CHATTERTON *(embrassant Rachel, dit de la voix la plus tendre)*

Voulons-nous faire peur à cette enfant ? et si près de l'oreille de sa mère ?

LE QUAKER

Sa mère a l'oreille frappée d'une voix moins douce que la tienne, elle n'entendrait pas. — Voilà trois fois qu'il la demande !

CHATTERTON *(s'appuyant sur le fauteuil où le Quaker est assis)*

Vous me grondez toujours ; mais dites-moi seulement pourquoi on ne se laisserait pas aller à la pente de son caractère, dès qu'on est sûr de quitter la partie quand la lassitude viendra ? Pour moi, j'ai résolu de ne me point masquer et d'être moi-même jusqu'à la fin, d'écouter, en tout, mon cœur dans ses épanchements comme dans ses indignations, et de me résigner à bien accomplir ma loi. A quoi bon feindre le rigorisme, quand on est indulgent ? On verrait un sourire de pitié sous ma sévérité factice, et je ne saurais trouver un voile qui ne fût transparent. — On me trahit de tout côté, je le vois, et me laisse tromper par dédain de moi-même, par ennui de prendre ma défense. J'envie quelques hommes en voyant le plaisir qu'ils trouvent à triompher de moi par des ruses grossières ; je les vois de loin en ourdir les fils, et je ne me baisserais pas pour en rompre un seul, tant je suis devenu indifférent à ma vie. Je suis d'ailleurs assez vengé par leur abaissement, qui m'élève à mes yeux, et il me semble que la Providence ne peut laisser aller longtemps les choses de la sorte. N'avait-elle pas son but en me créant ? Ai-je le droit de me roidir contre elle pour réformer la nature ? Est-ce à moi de démentir Dieu ?

LE QUAKER

En toi, la rêverie continuelle a tué l'action.

CHATTERTON

Eh ! qu'importe, si une heure de cette rêverie produit plus d'œuvres que vingt jours de l'action des autres ? Qui peut juger entre eux et moi ? N'y a-t-il pour l'homme que le travail du corps ? et le labeur de la tête n'est-il pas digne de quelque pitié ? Eh ! grand Dieu ! la seule science de l'esprit, est-ce la science des nombres ? Pythagore est-il le dieu du monde ? Dois-je dire à l'inspiration ardente : Ne viens pas, tu es inutile ?

LE QUAKER

Elle t'a marqué au front de son caractère fatal. Je ne te blâme pas, mon enfant, mais je te pleure.

CHATTERTON

(Il s'assied.) Bon quaker, dans votre société fraternelle et spiritualiste, a-t-on pitié de ceux que tourmente la passion de la pensée ? Je le crois; je vous vois indulgent pour moi, sévère pour tout le monde; cela me calme un peu. *(Ici Rachel va s'asseoir sur les genoux de Chatterton.)* En vérité, depuis trois mois, je suis presque heureux ici : on n'y sait pas mon nom, on ne m'y parle pas de moi, et je vois de beaux enfants sur mes genoux.

LE QUAKER

Ami, je t'aime pour ton caractère sérieux. Tu serais digne de nos assemblées religieuses, où l'on ne voit pas l'agitation des papistes, adorateurs d'images, où l'on n'entend pas les chants puérils des protestants. Je t'aime, parce que je devine que le monde te hait. Une âme contemplative est à charge à tous les désœuvrés remuants qui couvrent la terre : l'imagination et le recueillement sont deux maladies dont personne n'a pitié ! — Tu ne sais seulement pas les noms des ennemis secrets qui rôdent autour de toi; mais j'en sais qui te haïssent d'autant plus qu'ils ne te connaissent pas.

CHATTERTON *(avec chaleur)*

Eh ! cependant, n'ai-je pas quelque droit à l'amour de mes frères, moi qui travaille pour eux nuit et jour; moi qui cherche avec tant de fatigues, dans les ruines nationales, quelques fleurs de poésie dont je puisse extraire un parfum durable; moi qui veux ajouter une perle de plus à la couronne d'Angleterre, et qui plonge dans tant de mers et de fleuves pour la chercher ? *(Ici Rachel quitte Chatterton; elle va s'asseoir sur un tabouret aux pieds du Quaker, et regarde des gravures.)* Si vous saviez mes travaux !... J'ai fait de ma chambre la cellule d'un cloître; j'ai béni et sanctifié ma vie et ma pensée; j'ai raccourci ma vue, et j'ai éteint devant mes yeux les lumières de notre âge; j'ai fait mon cœur plus simple; je me suis appris le parler enfantin du vieux temps; j'ai écrit, comme le roi Harold au duc Guillaume, en vers à demi saxons et francs; et ensuite, cette muse du dixième siècle, cette muse religieuse, je l'ai placée dans une châsse comme une sainte. — Ils l'auraient brisée s'ils l'avaient crue faite de ma main : ils l'ont adorée comme l'œuvre d'un moine qui n'a jamais existé, et que j'ai nommé Rowley.

LE QUAKER

Oui, ils aiment assez à faire vivre les morts et mourir les vivants.

CHATTERTON

Cependant on a su que ce livre était fait par moi. On ne pouvait plus le détruire, on l'a laissé vivre; mais il ne m'a donné qu'un peu de bruit, et je ne puis faire d'autre métier que celui d'écrire. — J'ai tenté de me ployer à tout, sans y parvenir. — On m'a parlé de travaux exacts; je les ai abordés, sans pouvoir les accomplir. — Puissent les hommes pardonner à Dieu de m'avoir ainsi créé! — Est-ce excès de force, ou n'est-ce que faiblesse honteuse ? — Je n'en sais rien, mais jamais je ne pus enchaîner dans des canaux étroits et réguliers les débordements tumultueux de mon esprit, qui toujours inondait ses rives malgré moi. J'étais incapable de suivre les lentes opérations des calculs journaliers, j'y renonçai le premier. J'avouai mon esprit vaincu par le chiffre, et j'eus dessein d'exploiter mon corps.

Hélas! mon ami! autre douleur! autre humiliation! — Ce corps, dévoré dès l'enfance par les ardeurs de mes veilles, est trop faible pour les rudes travaux de la mer ou de l'armée; trop faible même pour la moins fatigante industrie. *(Il se lève avec une agitation involontaire.)* Et, d'ailleurs, eussé-je les forces d'Hercule, je trouverais toujours entre moi et mon ouvrage l'ennemie fatale née avec moi; la fée malfaisante, trouvée sans doute dans mon berceau, la Distraction, la Poésie! — Elle se met partout; elle me donne et m'ôte tout; elle charme et détruit toute chose pour moi; elle m'a sauvé... elle m'a perdu!

LE QUAKER

Et à présent que fais-tu donc ?

CHATTERTON

Que sais-je?... j'écris. — Pourquoi ? je n'en sais rien... Parce qu'il le faut.

Il tombe assis, et n'écoute plus la réponse du Quaker. Il regarde Rachel et l'appelle près de lui.

LE QUAKER

La maladie est incurable!

CHATTERTON

La mienne ?

LE QUAKER

Non, celle de l'humanité. — Selon ton cœur, tu prends en bienveillante pitié ceux qui te disent : Sois un autre homme que celui que tu es; — moi, selon ma tête, je les ai en mépris, parce qu'ils veulent dire : Retire-toi de notre soleil; il n'y a pas de place pour toi. Les guérira qui pourra. J'espère peu en moi; mais, du moins, je les poursuivrai.

CHATTERTON *(continuant de parler à Rachel, à qui il a parlé bas pendant la réponse du Quaker)*

Et vous ne l'avez plus, votre Bible ? où est donc votre maman ?

LE QUAKER *(se levant)*

Veux-tu sortir avec moi ?

CHATTERTON *(à Rachel)*

Qu'avez-vous fait de la Bible, miss Rachel ?

LE QUAKER

N'entends-tu pas le maître qui gronde ? Ecoute!

JOHN BELL *(dans la coulisse)*

Je ne le veux pas. — Cela ne se peut pas ainsi. — Non, non, madame.

LE QUAKER *(à Chatterton, en prenant son chapeau et sa canne à la hâte)*

Tu as les yeux rouges, il faut prendre l'air. Viens, la fraîche matinée te guérira de ta nuit brûlante.

CHATTERTON *(regardant venir Kitty Bell)*

Certainement cette jeune femme est fort malheureuse.

LE QUAKER

Cela ne regarde personne. Je voudrais que personne ne fût ici quand elle sortira. Donne la clef de ta chambre, donne. — Elle la trouvera tout à l'heure. Il y a des choses d'intérieur qu'il ne faut pas avoir l'air d'apercevoir. — Sortons. — La voilà.

CHATTERTON

Ah! comme elle pleure! — Vous avez raison... je ne pourrais pas voir cela. — Sortons.

SCÈNE VI

KITTY BELL *entre en pleurant, suivie de* JOHN BELL

KITTY BELL *(à Rachel, en la faisant entrer dans la chambre d'où elle sort)*

Allez avec votre frère, Rachel, et laissez-moi ici. *(A son mari.)* Je vous le demande mille fois, n'exigez pas que je vous dise pourquoi ce peu d'argent vous manque; six guinées, est-ce quelque chose pour vous ? Considérez bien, monsieur, que j'aurais pu vous le cacher dix fois en altérant mes calculs. Mais je ne ferais pas un mensonge, même pour sauver mes enfants, et j'ai préféré vous demander la permission de garder le silence là-dessus, ne pouvant ni vous dire la vérité, ni mentir, sans faire une méchante action.

JOHN BELL

Depuis que le ministre a mis votre main dans la mienne, vous ne m'avez pas résisté de cette manière.

KITTY BELL

Il faut donc que le motif en soit sacré.

JOHN BELL

Ou coupable, madame.

KITTY BELL *(avec indignation)*

Vous ne le croyez pas!

JOHN BELL

Peut-être.

KITTY BELL

Ayez pitié de moi! vous me tuez par de telles scènes.

JOHN BELL

Bah! vous êtes plus forte que vous ne le croyez.

KITTY BELL

Ah! n'y comptez pas trop... Au nom de nos pauvres enfants!

JOHN BELL

Où je vois un mystère, je vois une faute.

KITTY BELL

Et si vous n'y trouviez qu'une bonne action ? quel regret pour vous!

JOHN BELL

Si c'est une bonne action, pourquoi vous être cachée ?

KITTY BELL

Pourquoi, John Bell ? parce que votre cœur s'est endurci, et que vous m'auriez empêchée d'agir selon le mien. Et cependant, qui donne au pauvre prête au Seigneur.

JOHN BELL

Vous feriez mieux de prêter à intérêts sur de bons gages.

KITTY BELL

Dieu vous pardonne vos sentiments et vos paroles!

JOHN BELL *(marchant dans la chambre à grands pas)*

Depuis quelque temps vous lisez trop; je n'aime pas cette manie dans une femme... Voulez-vous être une *bas-bleu ?*

KITTY BELL

Oh! mon ami! en viendrez-vous jusqu'à me dire des choses méchantes, parce que, pour la première fois, je ne vous obéis pas sans restrictions ? — Je ne suis qu'une femme simple et faible; je ne sais rien que mes devoirs de chrétienne.

JOHN BELL

Les savoir pour ne pas les remplir, c'est une profanation.

KITTY BELL

Accordez-moi quelques semaines de silence seulement sur ces comptes, et le premier mot qui sortira de ma bouche sera le pardon que je vous demanderai pour avoir tardé à vous dire la vérité. Le second sera le récit exact de ce que j'ai fait.

JOHN BELL

Je désire que vous n'ayez rien à dissimuler.

KITTY BELL

Dieu le sait! il n'y a pas une minute de ma vie dont le souvenir puisse me faire rougir.

JOHN BELL

Et cependant jusqu'ici vous ne m'avez rien caché.

KITTY BELL

Souvent la terreur nous apprend à mentir.

JOHN BELL

Vous savez donc faire un mensonge ?

KITTY BELL

Si je le savais, vous prierais-je de ne pas m'interroger ? — Vous êtes un juge impitoyable.

JOHN BELL

Impitoyable! vous me rendrez compte de cet argent.

KITTY BELL

Eh bien! je vous demande jusqu'à demain pour cela.

JOHN BELL

Soit; jusqu'à demain je n'en parlerai plus.

KITTY BELL *(lui baise la main)*

Ah! je vous retrouve. — Vous êtes bon. — Soyez-le toujours.

JOHN BELL

C'est bien! c'est bien! songez à demain.

Il sort.

KITTY BELL *(seule)*

Pourquoi, lorsque j'ai touché la main de mon mari, me suis-je reproché d'avoir gardé ce livre ? — La conscience ne peut pas avoir tort. *(Elle rêve.)* Je le rendrai.

Elle sort à pas lents.

ACTE II

SCÈNE PREMIÈRE

LE QUAKER, CHATTERTON

CHATTERTON *(entre vite et comme en se sauvant)*

Enfin nous voilà au port!

LE QUAKER

Ami, est-ce un accès de folie qui t'a pris ?

CHATTERTON

Je sais très bien ce que je fais.

LE QUAKER

Mais pourquoi rentrer ainsi tout à coup ?

CHATTERTON *(agité)*

Croyez-vous qu'il m'ait vu ?

LE QUAKER

Il n'a pas détourné son cheval, et je ne l'ai pas vu tourner la tête une fois. Ses deux grooms l'ont suivi au grand trot. Mais pourquoi l'éviter, ce jeune homme ?

CHATTERTON

Vous êtes sûr qu'il ne m'a pas reconnu ?

LE QUAKER

Si le serment n'était un usage impie, je pourrais le jurer.

CHATTERTON

Je respire. — C'est que vous savez bien qu'il est de mes amis. C'est lord Talbot.

LE QUAKER

Eh bien, qu'importe ? un ami n'est guère plus méchant qu'un autre homme.

CHATTERTON *(marchant à grands pas, avec humeur)*

Il ne pouvait rien m'arriver de pis que de le voir. Mon asile était violé, ma paix était troublée, mon nom était connu ici.

LE QUAKER

Le grand malheur!

CHATTERTON

Le savez-vous, mon nom, pour en juger ?

LE QUAKER

Il y a quelque chose de bien puéril dans ta crainte. Tu n'es que sauvage, et tu seras pris pour un criminel si tu continues.

CHATTERTON

Oh! mon Dieu, pourquoi suis-je sorti avec vous ? Je suis certain qu'il m'a vu.

LE QUAKER

Je l'ai vu souvent venir ici après ses parties de chasse.

CHATTERTON

Lui ?

LE QUAKER

Oui, lui, avec de jeunes lords de ses amis.

CHATTERTON

Il est écrit que je ne pourrai poser ma tête nulle part. Toujours des amis!

LE QUAKER

Il faut être bien malheureux pour en venir à dire cela.

CHATTERTON *(avec humeur)*

Vous n'avez jamais marché aussi lentement qu'aujourd'hui.

LE QUAKER

Prends-toi à moi de ton désespoir. Pauvre enfant! rien n'a pu t'occuper dans cette promenade. La nature est morte devant tes yeux.

CHATTERTON

Croyez-vous que mistress Bell soit très pieuse ? Il me semble lui avoir vu une Bible dans les mains.

LE QUAKER *(brusquement)*

Je n'ai point vu cela. C'est une femme qui aime ses devoirs et qui craint Dieu. Mais je n'ai pas vu qu'elle eût aucun livre dans les mains. *(A part.)* Où va-t-il se prendre! à quoi ose-t-il penser ? J'aime mieux qu'il se noie que de s'attacher à cette branche. — C'est une jeune femme très froide, qui n'est émue que pour ses enfants, quand ils sont malades. Je la connais depuis sa naissance.

CHATTERTON

Je gagerais cent livres sterling que cette rencontre de lord Talbot me portera malheur.

LE QUAKER

Comment serait-ce possible ?

CHATTERTON

Je ne sais comment cela se fera, mais vous verrez si cela manque. — Si cette jeune femme aimait un homme, il ferait mieux de se faire sauter la cervelle que de la séduire. Ce serait affreux, n'est-ce pas ?

LE QUAKER

N'y aura-t-il jamais une de tes idées qui ne tourne au désespoir ?

CHATTERTON

Je sens autour de moi quelque malheur inévitable. J'y suis tout accoutumé. Je ne résiste plus. Vous verrez cela; c'est un curieux spectacle. — Je me reposais ici, mais mon ennemie ne m'y laissera pas.

LE QUAKER

Quelle ennemie ?

CHATTERTON

Nommez-la comme vous voudrez : la Fortune, la Destinée; que sais-je, moi ?

LE QUAKER

Tu t'écartes de la religion.

CHATTERTON *(va à lui et lui prend la main)*

Vous avez peur que je ne fasse du mal ici ? — Ne craignez rien. Je suis inoffensif comme les enfants. Docteur, vous avez vu quelquefois des pestiférés ou des lépreux ? Votre premier désir était de les écarter de l'habitation des hommes. — Ecartez-moi, repoussez-moi, ou bien laissez-moi seul; je me séparerai moi-même plutôt que de donner à personne la contagion de mon infortune. *(Cris et coups de fouet d'une partie de chasse finie.)* Tenez, voilà comme on dépiste le sanglier solitaire!

SCÈNE II

CHATTERTON, LE QUAKER, JOHN BELL, KITTY BELL

JOHN BELL *(à sa femme)*

Vous avez mal fait, Kitty, de ne pas me dire que c'était un personnage de considération.

Un domestique apporte un thé.

KITTY BELL

En est-il ainsi ? En vérité, je ne le savais pas.

JOHN BELL

De très grande considération. Lord Talbot m'a fait dire que c'était son ami, et un homme distingué qui ne veut pas être connu.

KITTY BELL

Hélas! il n'est donc plus malheureux ? — J'en suis bien aise. Mais je ne lui parlerai pas, je m'en vais.

JOHN BELL

Restez, restez. Invitez-le à prendre le thé avec le docteur en famille; cela fera plaisir à lord Talbot.

Il va s'asseoir à droite, près de la table à thé.

LE QUAKER *(à Chatterton, qui fait un mouvement pour se retirer chez lui)*

Non, non, ne t'en va pas, on parle de toi.

KITTY BELL *(au Quaker)*

Mon ami, voulez-vous avoir la bonté de lui demander s'il veut déjeuner avec mon mari et mes enfants ?

LE QUAKER

Vous avez tort de l'inviter, il ne peut pas souffrir les invitations.

KITTY BELL

Mais c'est mon mari qui le veut.

LE QUAKER *(à Chatterton)*

Sa volonté est souveraine. — Madame invite son hôte à déjeuner, et désire qu'il prenne le thé en famille ce matin... *(A part.)* Il ne faut pas accepter; c'est par ordre de son mari qu'elle fait cette démarche; mais cela lui déplaît.

JOHN BELL *(assis, lisant le journal, s'adresse à Kitty)*

L'a-t-on invité ?

KITTY BELL

Le docteur lui en parle.

CHATTERTON *(au Quaker)*

Je suis forcé de me retirer chez moi.

LE QUAKER *(à Kitty)*

Il est forcé de se retirer chez lui.

KITTY BELL *(à John Bell)*

Monsieur est forcé de se retirer chez lui.

JOHN BELL

C'est de l'orgueil : il croit nous honorer trop.

Il tourne le dos et se remet à lire.

CHATTERTON *(au Quaker)*

Je n'aurais pas accepté; c'était par pitié qu'on m'invitait.

Il va vers sa chambre, le Quaker le suit et le retient. Ici un domestique amène les enfants et les fait asseoir à table. Le Quaker s'assied au fond, Kitty Bell à droite, John Bell à gauche, tournant le dos à la chambre, les enfants près de leur mère.

SCÈNE III

LES PRÉCÉDENTS, LORD TALBOT, LORD LAUDERDALE, LORD KINGSTON, et TROIS JEUNES LORDS en habit de chasse

LORD TALBOT *(un peu ivre)*

Où est-il ? où est-il ? Le voilà, mon camarade! mon ami! Que diable fais-tu ici ? Tu nous as quittés ? Tu ne veux plus de nous ? c'est donc fini ? Parce que tu es illustre à présent, tu nous dédaignes. Moi, je n'ai rien appris de bon à Oxford, si ce n'est à boxer, j'en conviens, mais cela ne m'empêche pas d'être ton ami. — Messieurs, voilà mon bon ami...

CHATTERTON *(voulant l'interrompre)*

Mylord...

LORD TALBOT

Mon ami Chatterton.

CHATTERTON *(sérieusement, lui pressant la main)*

George, George! toujours indiscret!

LORD TALBOT

Est-ce que cela te fait de la peine! — L'auteur des poèmes qui font tant de bruit! Le voilà! Messieurs, j'ai été à l'université avec lui. — Ma foi, je ne me serais pas douté de ce talent-là. Ah! le sournois, comme il m'a attrapé! — Mon cher, voilà lord Lauderdale et lord Kingston, qui savent par cœur ton poème d'Harold. Ah! si tu veux souper avec nous, tu seras content d'eux, sur mon honneur. Ils disent les vers comme Garrick. — La chasse au renard ne t'amuse pas; sans cela, je t'aurais prêté Rébecca, que ton père m'a vendue. Mais tu sais que nous venons tous souper ici après la chasse. Ainsi, à ce soir. Ah! par Dieu! nous nous amuserons. — Mais tu es en deuil! Ah diable!

CHATTERTON *(avec tristesse)*

Oui, de mon père.

LORD TALBOT

Ah! il était bien vieux aussi. Que veux-tu ? te voilà héritier.

CHATTERTON *(amèrement)*

Oui. De tout ce qu'il lui restait.

LORD TALBOT

Ma foi, si tu dépenses aussi noblement ton argent qu'à Oxford, cela te fera honneur; cependant tu étais déjà bien sauvage. Eh bien, je deviens comme toi à présent, en vérité. J'ai le spleen, mais ce n'est que pour une heure ou deux. — Ah! mistress Bell, vous êtes une puritaine. Touchez là, vous ne m'avez pas donné la main aujourd'hui. Je dis que vous êtes une puritaine, sans cela je vous recommanderais mon ami.

JOHN BELL

Répondez donc à mylord, Kitty! Mylord, Votre Seigneurie sait comme elle est timide. *(A Kitty.)* Montrez de bonnes dispositions pour son ami.

KITTY BELL

Votre Seigneurie ne doit pas douter de l'intérêt que mon mari prend aux personnes qui veulent bien loger chez lui.

JOHN BELL

Elle est si sauvage, mylord, qu'elle ne lui a pas adressé la parole une fois, le croiriez-vous ? pas une fois depuis trois mois qu'il loge ici!

LORD TALBOT

Oh! maître John Bell, c'est une timidité dont il faut la corriger. Ce n'est pas bien. Allons, Chatterton, que diable, corrige-la, toi aussi, corrige-la.

LE QUAKER *(sans se lever)*

Jeune homme, depuis cinq minutes que tu es ici, tu n'as pas dit un mot qui ne fût de trop.

LORD TALBOT

Qu'est-ce que c'est que ça ? Quel est cet animal sauvage ?

JOHN BELL

Pardon, mylord, c'est un quaker.

Rires joyeux.

LORD TALBOT

C'est vrai. Oh! quel bonheur! un quaker! *(Le lorgnant.)* Mes amis, c'est un gibier que nous n'avions pas fait lever encore.

Éclats de rires des lords.

CHATTERTON *(va vite à lord Talbot)*

(A demi-voix.) George, tout cela est bien léger; mon caractère ne s'y prête pas... Tu sais cela, souviens-toi de Primerose Hill!... J'aurai à te parler à ton retour de la chasse.

LORD TALBOT *(consterné)*

Ah! si tu veux jouer encore du pistolet, comme tu voudras! Mais je croyais t'avoir fait plaisir, moi. Est-ce que je t'ai affligé ? Ma foi, nous avons bu un peu sec ce matin. — Qu'est-ce que j'ai donc dit, moi ? J'ai voulu te mettre bien avec eux tous. Tu viens ici pour la petite femme, hein ? J'ai vu ça, moi.

CHATTERTON

Ciel et terre! Mylord, pas un mot de plus.

LORD TALBOT

Allons, il est de mauvaise humeur ce matin. Mistress Bell, ne lui donnez pas de thé vert, il me tuerait ce soir, en vérité.

KITTY BELL *(à part)*

Mon Dieu, comme il me parle effrontément!

LORD LAUDERDALE *(vient serrer la main à Chatterton)*

Par Dieu! je suis bien aise de vous connaître; vos vers m'ont fort diverti.

CHATTERTON

Diverti, mylord ?

LORD LAUDERDALE

Oui, vraiment, et je suis charmé de vous voir installé

ici; vous avez été plus adroit que Talbot, vous me ferez gagner mon pari.

LORD KINGSTON

Oui, oui, il a beau jeter ses guinées chez le mari, il n'aura pas la petite Catherine, comment ?... Kitty...

CHATTERTON

Oui, mylord, Kitty, c'est son nom en abrégé.

KITTY BELL *(à part)*

Encore! Ces jeunes gens me montrent au doigt, et devant lui!

LORD KINGSTON

Je crois bien qu'elle aurait eu un faible pour lui, mais vous l'avez, ma foi, supplanté. Au surplus, George est un bon garçon et ne vous en voudra pas. — Vous me paraissez souffrant.

CHATTERTON

Surtout en ce moment, mylord.

LORD TALBOT

Assez, messieurs, assez; n'allez pas trop loin.

Deux grooms entrent à la fois.

UN GROOM

Les chevaux de mylord sont prêts.

LORD TALBOT *(frappant sur l'épaule de John Bell)*

Mon bon John Bell, il n'y a de bons vins de France et d'Espagne que dans la maison de votre petite dévote de femme. Nous voulons les boire en rentrant, et tenez-moi pour un maladroit si je ne vous rapporte dix renards pour lui faire des fourrures. — Venez donc nous voir partir. — Passez, Lauderdale, passez donc. A ce soir tous, si Rébecca ne me casse pas le col.

JOHN BELL

Monsieur Chatterton, je suis vraiment heureux de faire connaissance avec vous. *(Il lui serre la main à lui casser l'épaule.)* Toute ma maison est à votre service. *(A Kitty qui allait se retirer.)* Mais, Catherine, causez donc un peu avec ce jeune homme. Il faut lui louer un appartement plus beau et plus cher.

KITTY BELL

Mes enfants m'attendent.

JOHN BELL

Restez, restez; soyez polie : je le veux absolument.

CHATTERTON *(au Quaker)*

Sortons d'ici. Voir sa dernière retraite envahie, son unique repos troublé, sa douce obscurité trahie; voir pénétrer dans sa nuit de si grossières clartés! O supplice! — Sortons d'ici. — Vous l'avais-je dit ?

JOHN BELL

J'ai besoin de vous, docteur; laissez monsieur avec ma femme : je vous veux absolument, j'ai à vous parler. Je vous raccommoderai avec Sa Seigneurie.

LE QUAKER

Je ne sors pas d'ici.

Tous sortent. Il reste assis au milieu de la scène. Kitty et Chatterton debout, les yeux baissés et interdits.

SCÈNE IV

CHATTERTON, LE QUAKER, KITTY BELL

LE QUAKER *(à Kitty Bell)*

(Il prend la main gauche de Chatterton et met sa main sur le cœur de ce jeune homme.) Les cœurs jeunes, simples et primitifs ne savent pas encore étouffer les vives indignations que donne la vue des hommes. — Mon enfant, mon pauvre enfant, la solitude devient un amour bien dangereux. A vivre dans cette atmosphère, on ne peut plus supporter le moindre souffle étranger. La vie est une tempête, mon ami; il faut s'accoutumer à tenir la mer. — N'est-ce pas une pitié, mistress Bell, qu'à son âge il ait besoin du port ? Je vais vous laisser lui parler et le gronder.

KITTY BELL *(troublée)*

Non, mon ami, restez, je vous prie. John Bell serait fâché de ne plus vous trouver. Et d'ailleurs, ne tarde-t-il pas à monsieur de rejoindre ses amis d'enfance ? Je suis surprise qu'il ne les ait pas suivis.

LE QUAKER

Le bruit t'a importunée bien vivement, ma chère fille ?

KITTY BELL

Ah! leur bruit et leurs intentions! monsieur n'est-il pas dans leurs secrets ?

CHATTERTON *(à part)*

Elle les a entendus! elle est affligée! Ce n'est plus la même femme.

KITTY BELL *(au Quaker, avec une émotion mal contenue)*

Je n'ai pas vécu encore assez solitaire, mon ami; je le sens bien.

LE QUAKER *(à Kitty Bell)*

Ne sois pas trop sensible à des folies.

KITTY BELL

Voici un livre que j'ai trouvé dans les mains de ma fille. Demandez à monsieur s'il ne lui appartient pas.

CHATTERTON

En effet, il était à moi; et à présent je serais bien aise qu'il revînt dans mes mains.

KITTY BELL *(à part)*

Il a l'air d'y attacher du prix. O mon Dieu! je n'oserai plus le rendre à présent ni le garder.

LE QUAKER *(à part)*

Ah! la voilà bien embarrassée. *(Il met la Bible dans sa poche, après avoir examiné à droite et à gauche leur embarras. A Chatterton.)* Tais-toi, je t'en prie; elle est prête à pleurer.

KITTY BELL *(se remettant)*

Monsieur a des amis bien gais et sans doute aussi très bons.

LE QUAKER

Ah! ne les lui reprochons point; il ne les cherchait pas.

KITTY BELL

Je sais bien que monsieur Chatterton ne les attendait pas ici.

CHATTERTON

La présence d'un ennemi mortel ne m'eût pas fait tant de mal : croyez-le bien, madame.

KITTY BELL

Ils ont l'air de connaître si bien monsieur Chatterton! et nous, nous le connaissons si peu!

LE QUAKER *(à demi-voix à Chatterton)*

Ah! les misérables! ils l'ont blessée au cœur.

CHATTERTON *(au Quaker)*

Et moi, monsieur!

KITTY BELL

Monsieur Chatterton sait leur conduite comme ils savent ses projets. Mais sa retraite ici, comment l'ont-ils interprétée!

LE QUAKER *(se lève)*

Que le Ciel confonde à jamais cette race de sauterelles qui s'abat à travers champs, et qu'on appelle les hommes aimables! Voilà bien du mal en un moment.

CHATTERTON *(faisant asseoir le Quaker)*

Au nom de Dieu! ne sortez pas que je ne sache ce qu'elle a contre moi. Cela me trouble affreusement.

KITTY BELL

M. Bell m'a chargée d'offrir à monsieur Chatterton une chambre plus convenable.

CHATTERTON

Ah! rien ne convient mieux que la mienne à mes projets.

KITTY BELL

Mais quand on ne parle pas de ses projets, on peut inspirer, à la longue, plus de crainte que l'on n'inspirait d'abord d'intérêt, et je...

CHATTERTON

Et ?...

KITTY BELL

Il me semble...

LE QUAKER

Que veux-tu dire ?

KITTY BELL

Que ces jeunes lords ont, en quelque sorte, le droit d'être surpris que leur ami les ait quittés pour cacher son nom et sa vie dans une famille aussi simple que la nôtre.

LE QUAKER *(à Chatterton)*

Rassure-toi, ami ; elle veut dire que tu n'avais pas l'air, en arrivant, d'être le riche compagnon de ces riches petits lords.

CHATTERTON *(avec gravité)*

Si l'on m'avait demandé ici ma fortune, mon nom et l'histoire de ma vie, je n'y serais pas entré... Si quelqu'un me les demandait aujourd'hui, j'en sortirais.

LE QUAKER

Un silence qui vient de l'orgueil peut être mal compris ; tu le vois.

CHATTERTON *(va pour répondre, puis y renonce et s'écrie)*

Une torture de plus dans un martyre, qu'importe !

Il se retire en fuyant.

KITTY BELL *(effrayée)*

Ah ! mon Dieu ! pourquoi s'est-il enfui de la sorte ? Les premières paroles que je lui adresse lui causent du chagrin !... mais en suis-je responsable aussi !... Pourquoi est-il venu ici ?... je n'y comprends plus rien ! je veux le savoir !... Toute ma famille est troublée pour lui et par lui ! Que leur ai-je fait à tous ? Pourquoi l'avez-vous amené ici et non ailleurs, vous ? — Je n'aurais jamais dû me montrer, et je voudrais ne les avoir jamais vus.

LE QUAKER *(avec impatience et chagrin)*

Mais c'était à moi seul qu'il fallait dire cela. Je ne m'offense ni ne me désole, moi. Mais à lui, quelle faute !

KITTY BELL

Mais, mon ami, les avez-vous entendus, ces jeunes gens ? — O mon Dieu ! comment se fait-il qu'ils aient la puissance de troubler ainsi une vie que le Sauveur même eût bénie ? — Dites, vous qui êtes un homme, vous qui n'êtes point de ces méchants désœuvrés, vous qui êtes grave et bon, vous qui pensez qu'il y a une âme et un Dieu; dites, mon ami, comment donc doit vivre une femme ? Où donc faut-il se cacher ? Je me taisais, je baissais les yeux, j'avais étendu sur moi la solitude comme un voile, et ils l'ont déchiré. Je me croyais ignorée, et j'étais connue comme une de leurs femmes; respectée, et j'étais l'objet d'un pari. A quoi donc m'ont servi mes deux enfants toujours à mes côtés comme des anges gardiens ? A quoi m'a servi la gravité de ma retraite ? Quelle femme sera honorée, grand Dieu! si je n'ai pu l'être, et s'il suffit aux jeunes gens de la voir passer dans la rue pour s'emparer de son nom et s'en jouer comme d'une balle qu'ils se jettent l'un à l'autre! *(La voix lui manque. Elle pleure.)* O mon ami, mon ami! obtenez qu'ils ne reviennent jamais dans ma maison.

LE QUAKER

Qui donc ?

KITTY BELL

Mais eux... eux tous... tout le monde.

LE QUAKER

Comment ?

KITTY BELL

Et lui aussi... oui, lui.

Elle fond en larmes.

LE QUAKER

Mais tu veux donc le tuer ? Après tout, qu'a-t-il fait ?

KITTY *(avec agitation)*

Oh! mon Dieu! moi, le tuer! — moi qui voudrais... O Seigneur, mon Dieu! vous que je prie sans cesse, vous savez si j'ai voulu le tuer! mais je vous parle et je ne sais si vous m'entendez. Je vous ouvre mon cœur, et vous ne me dites pas que vous y lisez. — Et si votre regard y a lu, comment savoir si vous n'êtes pas mécontent! Ah! mon ami... j'ai là quelque chose que je voudrais dire... Ah! si mon père vivait encore! *(Elle prend la main du Quaker.)* Oui, il y a des moments où je voudrais être catholique, à cause de leur confession. Enfin! ce n'est autre chose que la confidence; mais la confidence divinisée... j'en aurais besoin!

LE QUAKER

Ma fille, si ta conscience et la contemplation ne te soutiennent pas assez, que ne viens-tu donc à moi ?

KITTY BELL

Eh bien! expliquez-moi le trouble où me jette ce jeune homme! les pleurs que m'arrache malgré moi sa vue, oui! sa seule vue!

LE QUAKER

Oh! femme! faible femme! au nom de Dieu, cache tes larmes, car le voilà.

KITTY BELL

Oh! Dieu! son visage est renversé!

CHATTERTON *(rentrant comme un fou, sans chapeau. Il traverse la chambre et marche en parlant sans voir personne)*

... Et d'ailleurs, et d'ailleurs, ils ne possèdent pas plus leurs richesses que je ne possède cette chambre. — Le monde n'est qu'un mot. — On peut perdre ou gagner le monde sur parole, en un quart d'heure! Nous ne possédons tous que nos six pieds, c'est le vieux Will qui l'a dit. — Je vous rendrai votre chambre quand vous voudrez; j'en veux une encore plus petite. Pourtant je voulais encore attendre le succès d'une certaine lettre. Mais n'en parlons plus.

Il se jette dans un fauteuil.

LE QUAKER *(se lève et va à lui, lui prenant la tête)*

(A demi-voix.) Tais-toi, ami, tais-toi, arrête. — Calme, calme ta tête brûlante. Laisse passer en silence tes emportements, et n'épouvante pas cette jeune femme qui t'est étrangère.

CHATTERTON *(se lève vivement sur le mot* étrangère, *et dit avec une ironie frémissante)*

Il n'y a personne sur la terre à présent qui ne me soit étranger. Devant tout le monde je dois saluer et me taire. Quand je parle, c'est une hardiesse bien inconvenante, et dont je dois demander humblement pardon... Je ne voulais qu'un peu de repos dans cette maison, le temps d'achever de coudre l'une à l'autre quelques pages que je dois; à peu près comme un menuisier doit à l'ébéniste quelques planches péniblement passées au rabot. — Je suis ouvrier en livres, voilà tout. — Je n'ai pas besoin d'un plus grand atelier que le mien, et M. Bell est trop attendri de l'amitié de lord Talbot pour moi. Lord Talbot, on peut l'aimer ici, cela se conçoit. — Mais son amitié pour moi, ce n'est rien. Cela repose sur une ancienne idée que je lui ôterai d'un mot; sur un vieux chiffre que je rayerai de sa tête, et que mon père a emporté dans le pli de son linceul; un chiffre assez considérable, ma foi, et qui me valait beaucoup de révérences et de serrements de main. — Mais tout cela est fini, je suis ouvrier en livres. — Adieu, madame; adieu, monsieur. Ha! ha! — Je perds bien du temps! A l'ouvrage! à l'ouvrage!

Il monte à grands pas l'escalier de sa chambre et s'y enferme.

SCÈNE V

LE QUAKER, KITTY BELL, *consternés*

LE QUAKER

Tu es remplie d'épouvante, Kitty ?

KITTY BELL

C'est vrai.

LE QUAKER

Et moi aussi.

KITTY BELL

Vous aussi ? — Vous si fort, vous que rien n'a jamais ému devant moi ? — Mon Dieu! qu'y a-t-il donc ici que je ne puis comprendre ? Ce jeune homme nous a tous trompés; il s'est glissé ici comme un pauvre, et il est riche. Ces jeunes gens ne lui ont-ils pas parlé comme à leur égal ? Qu'est-il venu faire ici ? qu'a-t-il voulu en se faisant plaindre ? Pourtant, ce qu'il dit a l'air vrai, et lui, il a l'air bien malheureux.

LE QUAKER

Il serait bon que ce jeune homme mourût.

KITTY BELL

Mourir! pourquoi?

LE QUAKER

Parce que mieux vaut la mort que la folie.

KITTY BELL

Et vous croyez?... ah! le cœur me manque.

Elle tombe assise.

LE QUAKER

Que la plus forte raison ne tiendrait pas à ce qu'il souffre. — Je dois te dire toute ma pensée, Kitty Bell. Il n'y a pas d'ange au ciel qui soit plus pur que toi. La Vierge mère ne jette pas sur son enfant un regard plus chaste que le tien. Et pourtant, tu as fait, sans le vouloir, beaucoup de mal autour de toi.

KITTY BELL

Puissances du ciel! est-il possible?

LE QUAKER

Ecoute, écoute, je t'en prie. — Comment le mal sort du bien, et le désordre de l'ordre même, voilà ce que tu ne peux t'expliquer, n'est-ce pas? Eh bien! sache, ma chère fille, qu'il a suffi pour cela d'un regard de toi, inspiré par la plus belle vertu qui siège à la droite de Dieu, la pitié. — Ce jeune homme, dont l'esprit a trop vite mûri sous les ardeurs de la poésie, comme dans une serre brûlante, a conservé le cœur naïf d'un enfant. Il n'a plus de famille, et, sans se l'avouer, il en cherche une; il s'est accoutumé à te voir vivre près de lui, et peut-être s'est habitué à s'inspirer de ta vue et de ta grâce maternelle. La paix qui règne autour de toi a été aussi dangereuse pour cet esprit rêveur que le sommeil sous la blanche tubéreuse; ce n'est pas ta faute si, repoussé de tous côtés, il s'est cru heureux d'un accueil bienveillant; mais enfin cette existence de sympathie silencieuse et profonde est devenue la sienne. — Te crois-tu donc le droit de la lui ôter?

KITTY BELL

Hélas! croyez-vous donc qu'il ne nous ait pas trompés?

LE QUAKER

Lovelace avait plus de dix-huit ans, Kitty. Et ne lis-tu pas sur le front de Chatterton la timidité de la misère ? Moi je l'ai sondée, elle est profonde.

KITTY BELL

Oh! mon Dieu! quel mal a dû lui faire ce que j'ai dit tout à l'heure!

LE QUAKER

Je le crois, madame.

KITTY BELL

Madame ? — Ah! ne vous fâchez pas. Si vous saviez ce que j'ai fait et ce que j'allais faire!

LE QUAKER

Je veux bien le savoir.

KITTY BELL

Je me suis cachée de mon mari, pour quelques sommes que j'ai données pour M. Chatterton. Je n'osais pas les lui demander et je ne les ai pas reçues encore. Mon mari s'en est aperçu. Dans ce moment même j'allais peut-être me déterminer à en parler à ce jeune homme. Oh! que je vous remercie de m'avoir épargné cette mauvaise action! Oui, c'eût été un crime assurément, n'est-ce pas ?

LE QUAKER

Il en aurait fait un, lui, plutôt que de ne pas vous satisfaire. Fier comme je le connais, cela est certain. Mon amie, ménageons-le. Il est atteint d'une maladie toute morale et presque incurable, et quelquefois contagieuse; maladie terrible qui se saisit surtout des âmes jeunes, ardentes et toutes neuves à la vie, éprises de l'amour du juste et du beau, et venant dans le monde pour y rencontrer, à chaque pas, toutes les iniquités et toutes les laideurs d'une société mal construite. Ce mal, c'est la haine de la vie et l'amour de la mort : c'est l'obstiné Suicide.

KITTY BELL

Oh! que le Seigneur lui pardonne! serait-ce vrai ?

Elle se cache la tête pour pleurer.

LE QUAKER

Je dis obstiné, parce qu'il est rare que ces malheureux renoncent à leur projet quand il est arrêté en eux-mêmes.

KITTY BELL

En est-il là ? En êtes-vous sûr ? Dites-moi vrai ! dites-moi tout. Je ne veux pas qu'il meure ! — Qu'a-t-il fait ? que veut-il ? Un homme si jeune ? une âme céleste ! la bonté des anges ! la candeur des enfants ! une âme tout éclatante de pureté, tomber ainsi dans le crime des crimes, celui que Christ hésiterait lui-même à pardonner ! Non, cela ne sera pas, il ne se tuera pas. Que lui faut-il ? est-ce de l'argent ? Eh bien ! j'en aurai. — Nous en trouverons bien quelque part pour lui. Tenez, tenez, voilà des bijoux, que jamais je n'ai daigné porter, prenez-les, vendez tout. — Se tuer ! Là, devant moi, et mes enfants ! — Vendez, vendez, je dirai ce que je pourrai. Je recommencerai à me cacher ; enfin je ferai mon crime aussi, moi ; je mentirai : voilà tout.

LE QUAKER

Tes mains ! tes mains ! ma fille, que je les adore. *(Il baise ses deux mains réunies.)* Tes fautes sont innocentes, et pour cacher ton mensonge miséricordieux, les saintes tes sœurs étendraient leurs voiles ; mais garde tes bijoux, c'est un homme à mourir vingt fois devant un or qu'il n'aurait pas gagné ou tenu de sa famille. J'essayerais bien inutilement de lutter contre sa faute unique, vice presque vertueux, noble imperfection, péché sublime ; l'orgueil de la pauvreté.

KITTY BELL

Mais n'a-t-il pas parlé d'une lettre qu'il aurait écrite à quelqu'un dont il attendrait du secours ?

LE QUAKER

Ah ! c'est vrai ! Cela était échappé à mon esprit, mais ton cœur avait entendu. Oui, voilà une ancre de miséricorde. Je m'y appuierai avec lui.

Il veut sortir.

KITTY BELL

Mais... que voulait-il dire en parlant de lord Talbot : « On peut l'aimer ici, cela se conçoit ? »

LE QUAKER

Ne songe point à ce mot-là! Un esprit absorbé comme le sien, dans ses travaux et ses peines, est inaccessible aux petitesses d'un dépit jaloux, et plus encore aux vaines fatuités de ces coureurs d'aventures. Que voudrait dire cela? Il faudrait donc supposer qu'il regarde ce Talbot comme essayant ses séductions près de Kitty Bell et avec succès, et supposer que Chatterton se croit le droit d'en être jaloux; supposer que ce charme d'intimité serait devenu en lui une passion?... Si cela était...

KITTY BELL

Oh! ne me dites plus rien... laissez-moi m'enfuir.

Elle se sauve en fermant ses oreilles, et il la poursuit de sa voix.

LE QUAKER

Si cela était, sur ma foi! j'aimerais mieux le laisser mourir!

ACTE III

La chambre de Chatterton, sombre, petite, pauvre, sans feu, un lit misérable et en désordre.

SCÈNE PREMIÈRE

CHATTERTON

(Il est assis sur le pied de son lit et écrit sur ses genoux.) Il est certain qu'elle ne m'aime pas. — Et moi... je n'y veux plus penser. — Mes mains sont glacées, ma tête est brûlante. — Me voilà seul en face de mon travail. — Il ne s'agit plus de sourire et d'être bon! de saluer et de serrer la main! toute cette comédie est jouée : j'en commence une autre avec moi-même. — Il faut, à cette heure, que ma volonté soit assez puissante pour saisir mon âme, et l'emporter tour à tour dans le cadavre ressuscité des personnages que j'évoque, et dans le fantôme de ceux que j'invente! Ou bien il faut que, devant Chatterton malade, devant Chatterton qui a froid, qui a faim, ma volonté fasse poser avec prétention un autre Chatterton, gracieusement paré pour l'amusement du public, et que celui-là soit décrit par l'autre; le troubadour par le mendiant. Voilà les deux poésies possibles, ça ne va pas plus loin que cela! Les divertir ou leur faire pitié; faire jouer de misérables poupées, ou l'être soi-même et faire trafic de cette singerie! Ouvrir son cœur pour le mettre en étalage sur un comptoir! S'il a des blessures, tant mieux! il a plus de prix; tant soit peu mutilé, on l'achète plus cher! *(Il se lève.)* Lève-toi, créature de Dieu, faite à son image, et admire-toi encore dans cette condition! *(Il rit et se rassied. — Une vieille horloge sonne une demi-heure, deux coups.)* — Non, non!

L'heure t'avertit; assieds-toi, et travaille, malheureux! Tu perds ton temps en réfléchissant; tu n'as qu'une réflexion à faire, c'est que tu es un pauvre. — Entends-tu bien ? un pauvre!

Chaque minute de recueillement est un vol que tu fais; c'est une minute stérile. — Il s'agit bien de l'idée, grand Dieu! ce qui rapporte, c'est le mot. Il y a tel mot qui peut aller jusqu'à un schelling; la pensée n'a pas cours sur la place.

Oh! loin de moi, — loin de moi, je t'en supplie, découragement glacé! mépris de moi-même, ne viens pas achever de me perdre! Détourne-toi! détourne-toi! car, à présent, mon nom et ma demeure, tout est connu; et si demain ce livre n'est pas achevé, je suis perdu! oui, perdu! sans espoir! — Arrêté, jugé, condamné! jeté en prison!

Oh! dégradation! oh! honteux travail! *(Il écrit.)* Il est certain que cette jeune femme ne m'aimera jamais. — Eh bien! ne puis-je cesser d'avoir cette idée ? *(Long silence.)* J'ai bien peu d'orgueil d'y penser encore. — Mais qu'on me dise donc pourquoi j'aurais de l'orgueil. De l'orgueil de quoi ? je ne tiens aucune place dans aucun rang. Et il est certain que ce qui me soutient, c'est cette fierté naturelle. Elle me crie toujours à l'oreille de ne pas ployer et de ne pas avoir l'air malheureux. — Et pour qui donc fait-on l'heureux quand on ne l'est pas ? Je crois que c'est pour les femmes. Nous posons tous devant elles. — Les pauvres créatures, elles te prennent pour un trône, ô Publicité! vile Publicité! toi qui n'es qu'un pilori où le profane passant peut nous souffleter. En général, les femmes aiment celui qui ne s'abaisse devant personne. Eh bien! par le Ciel, elles ont raison. — Du moins, celle-ci qui a les yeux sur moi ne me verra pas baisser la tête. — Oh! si elle m'eût aimé! *(Il s'abandonne à une longue rêverie dont il sort violemment.)* Ecris donc, malheureux, évoque donc ta volonté! — Pourquoi est-elle si faible ? N'avoir pu encore lancer en avant cet esprit rebelle qu'elle excite et qui s'arrête! — Voilà une humiliation toute nouvelle pour moi! — Jusqu'ici je l'avais toujours vue partir avant son maître; il lui fallait un frein, et cette nuit c'est l'éperon qu'il lui faut. — Ah! ah! l'immortel! Ah! ah! le rude maître du corps! Esprit superbe, seriez-vous paralysé par ce misérable brouillard qui pénètre dans une chambre délabrée ? suffit-il, orgueilleux, d'un peu de vapeur froide pour vous vaincre ? *(Il jette sur ses épaules la couverture de son lit.)* L'épais brouillard! il est tendu au-dehors de ma fenêtre comme un rideau blanc, ou comme un linceul. — Il était pendu ainsi à la fenêtre de mon père la nuit de sa mort. *(L'horloge sonne trois quarts.)* Encore! le temps me presse; et rien n'est écrit! *(Il lit.)* Harold! Harold!... ô Christ! Harold... le duc Guillaume...

Eh! que me fait cet Harold, je vous prie ? — Je ne puis comprendre comment j'ai écrit cela. *(Il déchire le manuscrit en parlant. — Un peu de délire le prend.)* — J'ai fait le catholique; j'ai menti. Si j'étais catholique, je me ferais moine et trappiste. Un trappiste n'a pour lit qu'un cercueil, mais au moins il y dort. — Tous les hommes ont un lit où ils dorment; moi, j'en ai un où je travaille pour de l'argent. *(Il porte la main à sa tête.)* Où vais-je ? où vais-je ? Le mot entraîne l'idée malgré elle... O Ciel! la folie ne marche-t-elle pas ainsi ? Voilà qui peut épouvanter le plus brave... Allons! calme-toi. — Je relisais ceci... Oui!... Ce poème-là n'est pas assez beau!... Ecrit trop vite ! — Ecrit pour vivre! — O supplice! La bataille d'Hastings!... Les vieux Saxons!... Les jeunes Normands!... Me suis-je intéressé à cela ? non. Et pourquoi donc en as-tu parlé ? — Quand j'avais tant à dire sur ce que je vois. *(Il se lève et marche à grands pas.)* — Réveiller de froides cendres, quand tout frémit et souffre autour de moi; quand la Vertu appelle à son secours et se meurt à force de pleurer; quand le pâle Travail est dédaigné; quand l'Espérance a perdu son ancre; la Foi, son calice; la Charité, ses pauvres enfants; quand la Loi est athée et corrompue comme une courtisane; lorsque la Terre crie et demande justice au Poète de ceux qui la fouillent sans cesse pour avoir son or, et lui disent qu'elle peut se passer du Ciel.

Et moi! qui sens cela, je ne lui répondrais pas! Si! par le Ciel! je lui répondrai. Je frapperai du fouet les méchants et les hypocrites. Je dévoilerai Jérémiah-Miles et Warton.

Ah! misérable! Mais... c'est la Satire! tu deviens méchant. *(Il pleure longtemps avec désolation.)* Ecris plutôt sur ce brouillard qui s'est logé à ta fenêtre comme à celle de ton père. *(Il s'arrête. Il prend une tabatière sur sa table.)* Le voilà, mon père! — Vous voilà! Bon vieux marin! franc capitaine de haut-bord, vous dormiez la nuit, vous, et le jour vous vous battiez! vous n'étiez pas un Paria intelligent comme l'est devenu votre pauvre enfant. Voyez-vous, voyez-vous ce papier blanc ? s'il n'est pas rempli demain, j'irai en prison, mon père, et je n'ai pas dans la tête un mot pour noircir ce papier, parce que j'ai faim. — J'ai vendu, pour manger, le diamant qui était là, sur cette boîte, comme une étoile sur votre beau front. Et à présent je ne l'ai plus et j'ai toujours la faim. Et j'ai aussi votre orgueil, mon père, qui fait que je ne le dis pas. — Mais vous qui étiez vieux et qui saviez qu'il faut de l'argent pour vivre, et que vous n'en aviez pas à me laisser, pourquoi m'avez-vous créé ? *(Il jette la boîte. — Il court après, se met à genoux et pleure.)* Ah! pardon, pardon, mon père! mon vieux père en cheveux blancs! — Vous m'avez tant embrassé sur vos genoux! — C'est ma faute! j'ai cru être poète! C'est ma faute; mais je vous assure que votre nom n'ira pas en prison! Je vous le jure, mon vieux père. Tenez, tenez, voilà de l'opium! si j'ai par trop faim... je ne mangerai pas, je boirai. *(Il fond en larmes sur la tabatière où est le portrait.)* Quelqu'un monte lourdement mon escalier de bois. — Cachons ce trésor. *(Cachant l'opium.)* Et pourquoi ? ne suis-je donc pas libre ? plus libre que jamais ? — Caton n'a pas caché son épée. Reste comme tu es, Romain, et regarde en face.

Il pose l'opium au milieu de sa table.

SCÈNE II

CHATTERTON, LE QUAKER

LE QUAKER *(jetant les yeux sur la fiole)*

Ah!

CHATTERTON

Eh bien!

LE QUAKER

Je connais cette liqueur. — Il y a là au moins soixante grains d'opium. Cela te donnerait une certaine exaltation qui te plairait d'abord assez comme poète, et puis un peu de délire, et puis un bon sommeil bien lourd et sans rêve, je t'assure. — Tu es resté bien longtemps seul, Chatterton.

Le Quaker pose le flacon sur la table, Chatterton le reprend à la dérobée.

CHATTERTON

Et si je veux rester seul pour toujours, n'en ai-je pas le droit ?

LE QUAKER

(Il s'assied sur le lit; Chatterton reste debout, les yeux fixes et hagards.) Les païens disaient cela.

CHATTERTON

Qu'on me donne une heure de bonheur et je redeviendrai un excellent chrétien. Ce que... ce que vous craignez, les stoïciens l'appelaient *sortie raisonnable.*

LE QUAKER

C'est vrai; et ils disaient même que les causes qui nous retiennent à la vie n'étant guère fortes, on pouvait bien en sortir pour des causes légères. Mais il faut considérer, ami, que la Fortune change souvent et peut beaucoup, et que si elle peut faire quelque chose pour quelqu'un, c'est pour un vivant.

CHATTERTON

Mais aussi elle ne peut rien contre un mort. Moi, je dis qu'elle fait plus de mal que de bien, et qu'il n'est pas mauvais de la fuir.

LE QUAKER

Tu as bien raison; mais seulement c'est un peu poltron. — S'aller cacher sous une grosse pierre, dans un grand trou, par frayeur d'elle, c'est de la lâcheté.

CHATTERTON

Connaissez-vous beaucoup de lâches qui se soient tués ?

LE QUAKER

Quand ce ne serait que Néron.

CHATTERTON

Aussi sa lâcheté, je n'y crois pas. Les nations n'aiment pas les lâches, et c'est le seul nom d'empereur populaire en Italie.

LE QUAKER

Cela fait bien l'éloge de la popularité. — Mais du reste, je ne te contredis nullement. Tu fais bien de suivre ton projet, parce que cela va faire la joie de tes rivaux.

Il s'en trouvera d'assez impies pour égayer le public par d'agréables bouffonneries sur le récit de ta mort, et ce qu'ils n'auraient jamais pu accomplir, tu le fais pour eux; tu t'effaces. Tu fais bien de leur laisser ta part de cet os vide de la gloire que vous rongez tous. C'est généreux.

CHATTERTON

Vous me donnez plus d'importance que je n'en ai. Qui sait mon nom ?

LE QUAKER *(à part)*

Cette corde vibre encore. Voyons ce que j'en tirerai. *(A Chatterton.)* On sait d'autant mieux ton nom que tu l'as voulu cacher.

CHATTERTON

Vraiment ? Je suis bien aise de savoir cela. — Eh bien! on le prononcera plus librement après moi.

LE QUAKER *(à part)*

Toutes les routes le ramènent à son idée fixe. *(Haut.)* Mais il m'avait semblé ce matin que tu espérais quelque chose d'une lettre ?

CHATTERTON

Oui, j'avais écrit au lord-maire, M. Beckford, qui a connu mon père assez intimement. On m'avait souvent offert sa protection, je l'avais toujours refusée, parce que je n'aime pas être protégé. — Je comptais sur des idées pour vivre. Quelle folie! — Hier, elles m'ont manqué toutes; il ne m'en est resté qu'une, celle d'essayer du protecteur.

LE QUAKER

M. Beckford passe pour le plus honnête homme et l'un des plus éclairés de Londres. Tu as bien fait. Pourquoi y as-tu renoncé depuis ?

CHATTERTON

Il m'a suffi depuis de la vue d'un homme.

LE QUAKER

Essaye de la vue d'un sage après celle d'un fou. — Que t'importe ?

CHATTERTON

Eh! pourquoi ces retards ? Les hommes d'imagination sont éternellement crucifiés, le sarcasme et la misère sont les clous de leur croix. Pourquoi voulez-vous qu'un autre soit enfoncé dans ma chair, le remords de s'être inutilement abaissé ? — Je veux *sortir raisonnablement*. J'y suis forcé.

LE QUAKER *(se lève)*

Que le Seigneur me pardonne ce que je vais faire. Ecoute ! Chatterton, je suis très vieux, je suis chrétien et de la secte la plus pure de la république universelle de Christ. J'ai passé tous mes jours avec mes frères dans la méditation, la charité et la prière. Je vais te dire, au nom de Dieu, une chose vraie, et, en la disant, je vais, pour te sauver, jeter une tache sur mes cheveux blancs.

Chatterton ! Chatterton ! tu peux perdre ton âme, mais tu n'as pas le droit d'en perdre deux. — Or, il y en a une qui s'est attachée à la tienne et que ton infortune vient d'attirer comme les Ecossais disent que la paille attire le diamant radieux. Si tu t'en vas, elle s'en ira ; et cela, comme toi, sans être en état de grâce et indigne pour l'éternité de paraître devant Dieu.

Chatterton ! Chatterton ! tu peux douter de l'éternité, mais elle n'en doute pas ; tu seras jugé selon tes malheurs et ton désespoir, et tu peux espérer miséricorde ; mais non pas elle, qui était heureuse et toute chrétienne. Jeune homme, je te demande grâce pour elle, à genoux, parce qu'elle est pour moi sur la terre comme mon enfant.

CHATTERTON

Mon Dieu ! mon ami, mon père, que voulez-vous dire ?... serait-ce donc ?... levez-vous... vous me faites honte... serait-ce ?...

LE QUAKER

Grâce ! car si tu meurs, elle mourra...

CHATTERTON

Mais qui donc ?

LE QUAKER

Parce qu'elle est faible de corps et d'âme, forte de cœur seulement.

CHATTERTON

Nommez-la ! aurais-je osé croire !...

LE QUAKER

(Il se relève.) Si jamais tu lui dis ce secret, mal-

heureux! tu es un traître, et tu n'auras pas besoin de suicide; ce sera moi qui te tuerai.

CHATTERTON

Est-ce donc ?...

LE QUAKER

Oui, la femme de mon vieil ami, de ton hôte... la mère des beaux enfants.

CHATTERTON

Kitty Bell!

LE QUAKER

Elle t'aime, jeune homme. Veux-tu te tuer encore ?

CHATTERTON *(tombant dans les bras du Quaker)*

Hélas! je ne puis donc plus vivre ni mourir ?

LE QUAKER *(fortement)*

Il faut vivre, te taire et prier Dieu!

SCÈNE III

L'arrière-boutique

KITTY BELL, LE QUAKER

KITTY *(sort seule de sa chambre et regarde dans la salle)*

Personne! — Venez, mes enfants!

— Il ne faut jamais se cacher, si ce n'est pour faire le bien.

Allez vite chez lui! portez-lui... *(Au Quaker.)* Je reviens, mon ami, je reviens vous écouter. *(À ses enfants.)* Portez-lui tous vos fruits. — Ne dites pas que je vous envoie, et montez sans faire de bruit. — Bien! bien! *(Les deux enfants, portant un panier, montent doucement l'escalier et entrent dans la chambre de Chatterton. — Quand ils sont en haut.)* Eh bien! mon ami, vous croyez donc que le bon lord-maire lui fera du bien ? Oh! mon ami, je consentirai à tout ce que vous voudrez me conseiller!

LE QUAKER

Oui, il sera nécessaire que dans peu de temps il aille habiter une autre maison, peut-être même hors de Londres.

KITTY BELL

Soit à jamais bénie la maison où il sera heureux, puisqu'il ne peut l'être dans la mienne! mais qu'il vive, ce sera assez pour moi.

LE QUAKER

Je ne lui parlerai pas à présent de cette résolution; je l'y préparerai par degrés.

KITTY BELL *(ayant peur que le Quaker n'y consente)*

Si vous voulez, je lui en parlerai, moi.

LE QUAKER

Pas encore : ce serait trop tôt.

KITTY BELL

Mais si, comme vous le dites, ce n'est pour lui qu'une habitude à rompre ?

LE QUAKER

Sans doute... il est fort sauvage. — Les auteurs n'aiment que leurs manuscrits... Il ne tient à personne, il n'aime personne... Cependant ce serait trop tôt.

KITTY BELL

Pourquoi donc trop tôt, si vous pensez que sa présence soit si fatale ?

LE QUAKER

Oui, je le pense, je ne me rétracte pas.

KITTY BELL

Cependant, si cela est nécessaire, je suis prête à le lui dire à présent ici.

LE QUAKER

Non, non, ce serait tout perdre.

KITTY BELL *(satisfaite)*

Alors, mon ami, convenez-en, s'il reste ici, je ne puis pas le maltraiter, il faut bien que l'on tâche de le rendre moins malheureux. J'ai envoyé mes enfants pour le distraire; et ils ont voulu absolument lui porter leur goûter, leurs fruits, que sais-je ? Est-ce un grand crime à moi, mon ami ? en est-ce un à mes enfants ?

Le Quaker, s'asseyant, se détourne pour essuyer une larme.

KITTY BELL

On dit donc qu'il a fait de bien beaux livres ? Les avez-vous lus, ses livres ?

LE QUAKER *(avec une insouciance affectée)*

Oui, c'est un beau génie.

KITTY BELL

Et si jeune ! est-ce possible ? — Ah ! vous ne voulez pas me répondre, et vous avez tort, car jamais je n'oublie un mot de vous. Ce matin, par exemple, ici même, ne m'avez-vous pas dit que « rendre à un malheureux un cadeau qu'il a fait, c'est l'humilier et lui faire mesurer toute sa misère » ? — Aussi, je suis bien sûre que vous ne lui avez pas rendu sa Bible ? — N'est-il pas vrai ? avouez-le.

LE QUAKER *(lui donne sa Bible lentement, en la lui faisant attendre)*

Tiens, mon enfant, comme c'est moi qui te la donne, tu peux la garder.

KITTY BELL

(Elle s'assied à ses pieds à la manière des enfants qui demandent une grâce.) Oh ! mon ami, mon père, votre bonté a quelquefois un air méchant, mais c'est toujours la bonté la meilleure. Vous êtes au-dessus de nous tous par votre prudence ; vous pourriez voir à vos pieds tous nos petits orages que vous méprisez, et cependant, sans être atteint, vous y prenez part ; vous en souffrez par indulgence, et puis vous laissez tomber quelques mots, et les nuages se dissipent, et nous vous rendons grâces, et les larmes s'effacent, et nous sourions, parce que vous l'avez permis.

LE QUAKER *(l'embrasse sur le front)*

Mon enfant ! ma chère enfant ! avec toi, du moins, je suis sûr de n'en avoir pas de regret. *(On parle.)* — On vient !... Pourvu que ce ne soit pas un de ses amis. — Ah ! c'est ce Talbot, j'en étais sûr.

On entend le cor de chasse.

SCÈNE IV

LES PRÉCÉDENTS, LORD TALBOT, JOHN BELL

LORD TALBOT

Oui, oui, je vais les aller joindre tous, qu'ils se réjouissent! moi, je n'ai plus le cœur à leur joie. J'ai assez d'eux, laissez-les souper sans moi. Je me suis assez amusé à les voir se ruiner pour essayer de me suivre; à présent ce jeu-là m'ennuie. Monsieur Bell, j'ai à vous parler. — Vous ne m'aviez pas dit les chagrins et la pauvreté de mon ami, de Chatterton.

JOHN BELL *(à Kitty Bell)*

Mistress Bell, votre absence est nécessaire... pour un instant. *(Kitty Bell se retire lentement dans sa chambre.)* Mais, mylord, ses chagrins, je ne les vois pas; et quant à sa pauvreté, je sais qu'il ne doit rien ici.

LORD TALBOT

Oh Ciel! comment fait-il! Oh! si vous saviez et vous aussi, bon Quaker, si vous saviez ce que l'on vient de m'apprendre! D'abord ses beaux poèmes ne lui ont pas donné un morceau de pain. — Ceci est tout simple; ce sont des poèmes, et ils sont beaux : c'est le cours naturel des choses. Ensuite, une espèce d'érudit, un misérable inconnu et méchant, vient de publier (Dieu fasse qu'il l'ignore!) une atroce calomnie. Il a prétendu prouver qu'Harold et tous ses poèmes n'étaient pas de lui. Mais moi, j'attesterai le contraire, moi qui l'ai vu les inventer à mes côtés, là encore enfant; je l'attesterai, je l'imprimerai, et je signerai Talbot.

LE QUAKER

C'est bien, jeune homme.

LORD TALBOT

Mais ce n'est pas tout. N'avez-vous pas vu rôder chez vous un nommé Skirner ?

JOHN BELL

Oui, oui, je sais; un riche propriétaire de plusieurs maisons dans la Cité.

LORD TALBOT

C'est cela.

JOHN BELL

Il est venu hier.

LORD TALBOT

Eh bien! il le cherche pour le faire arrêter; lui, trois fois millionnaire, pour quelque pauvre loyer qu'il lui doit. Et Chatterton... — Oh! voilà qui est horrible à penser. — Je voudrais, tant cela fait honte au pays, je voudrais pouvoir le dire si bas que l'air ne pût l'entendre. — Approchez tous deux. — Chatterton, pour sortir de chez lui, a promis par écrit et signé... — oh! je l'ai lu... — il a signé que tel jour (et ce jour approche) il payerait sa dette, et que, s'il mourait dans l'intervalle, il vendait à l'Ecole de chirurgie... on n'ose pas dire cela... son corps pour la payer; et le millionnaire a reçu l'écrit!

LE QUAKER

O misère! misère sublime!

LORD TALBOT

Il n'y faut pas songer; je donnerai tout à son insu; mais sa tranquillité, la comprenez-vous ?

LE QUAKER

Et sa fierté, ne la comprends-tu pas, toi, ami ?

LORD TALBOT

Eh! monsieur, je le connaissais avant vous, je veux le voir. — Je sais comment il faut lui parler. Il faut le forcer de s'occuper de son avenir... et, d'ailleurs, j'ai quelque chose à réparer.

JOHN BELL

Diable! diable! voilà une méchante affaire; à le voir si bien avec vous, mylord, j'ai cru que c'était un vrai gentleman, moi : mais tout cela pourra faire chez moi un esclandre. Tenez, franchement, je désire que ce jeune homme soit averti par vous qu'il ne peut demeurer plus d'un mois ici, mylord.

LORD TALBOT *(avec un rire amer)*

N'en parlons plus, monsieur; j'espère, s'il a la bonté d'y venir, que ma maison le dédommagera de la vôtre.

KITTY BELL *(revient timidement)*

Avant que Sa Seigneurie se retire, j'aurais voulu lui demander quelque chose, avec la permission de monsieur Bell.

JOHN BELL *(se promenant brusquement au fond de la chambre)*

Vous n'avez pas besoin de ma permission. Dites ce qu'il vous plaira.

KITTY BELL

Mylord connaît-il M. Beckford, le lord-maire de Londres ?

LORD TALBOT

Parbleu, madame, je crois même que nous sommes un peu parents; je le vois toutes les fois que je crois qu'il ne m'ennuiera pas, c'est-à-dire une fois par an. — Il me dit toujours que j'ai des dettes, et pour mon usage je le trouve sot; mais en général on l'estime.

KITTY BELL

Monsieur le docteur m'a dit qu'il était plein de sagesse et de bienfaisance.

LORD TALBOT

A vrai dire, et à parler sérieusement, c'est le plus honnête homme des trois royaumes. Si vous désirez de lui quelque chose... j'irai le voir ce soir même.

KITTY BELL

Il y a, je crois, ici quelqu'un qui aura affaire à lui, et...

Ici Chatterton descend de sa chambre avec les deux enfants.

JOHN BELL

Que voulez-vous dire ? Etes-vous folle ?

KITTY BELL *(saluant)*

Rien que ce qu'il vous plaira.

LORD TALBOT

Mais laissez-la parler, au moins.

LE QUAKER

La seule ressource qui reste à Chatterton, c'est cette protection.

LORD TALBOT

Est-ce pour lui ? j'y cours.

JOHN BELL *(à sa femme)*

Comment donc savez-vous si bien ses affaires ?

LE QUAKER

Je les lui ai apprises, moi.

JOHN BELL *(à Kitty)*

Si jamais !

KITTY BELL

Oh ! ne vous emportez pas, monsieur, nous ne sommes pas seuls.

JOHN BELL

Ne parlez plus de ce jeune homme.

Ici, Chatterton, qui a remis les deux enfants entre les mains de leur mère, revient vers la cheminée.

KITTY BELL

Comme vous l'ordonnerez.

JOHN BELL

Mylord, voici votre ami, vous saurez de lui-même ses sentiments.

SCÈNE V

CHATTERTON, LORD TALBOT, LE QUAKER, JOHN BELL, KITTY BELL

Chatterton a l'air calme et presque heureux. Il jette sur un fauteuil quelques manuscrits.

LORD TALBOT

Tom, je reviens pour vous rendre un service ; me le permettez-vous ?

CHATTERTON *(avec la douceur d'un enfant dans la voix, et ne cessant de regarder Kitty Bell pendant toute la scène)*

Je suis résigné, George, à tout ce que l'on voudra, à presque tout.

LORD TALBOT

Vous avez donc une mauvaise affaire avec ce fripon de Skirner ? il veut vous faire arrêter demain.

CHATTERTON

Je ne le savais pas, mais il a raison.

JOHN BELL *(au Quaker)*

Mylord est trop bon pour lui, voyez son air de hauteur...

LORD TALBOT

A-t-il raison ?

CHATTERTON

Il a raison selon la loi. C'était hier que je devais le payer, ce devait être avec le prix d'un manuscrit inachevé, j'avais signé cette promesse; si j'ai eu du chagrin, si l'inspiration ne s'est pas présentée à l'heure dite, cela ne le regarde pas.

Oui, je ne devais pas compter à ce point sur mes forces et dater l'arrivée d'une muse et son départ comme on calcule la course d'un cheval. — J'ai manqué de respect à mon âme immortelle, je l'ai louée à l'heure et vendue. — C'est moi qui ai tort, je mérite ce qu'il en arrivera.

LE QUAKER *(à Kitty)*

Je gagerais qu'il leur semble fou! c'est trop beau pour eux.

LORD TALBOT *(en riant, mais un peu piqué)*

Ah çà! c'est de peur d'être de mon avis que vous le défendez.

JOHN BELL

C'est bien vrai, c'est pour contredire.

CHATTERTON

Non... je pense à présent que tout le monde a raison, excepté les Poètes. La Poésie est une maladie du cerveau. Je ne parle plus de moi, je suis guéri.

LE QUAKER *(à Kitty)*

Je n'aime pas qu'il dise cela.

CHATTERTON

Je n'écrirai plus un vers de ma vie, je vous le jure; quelque chose qui arrive, je n'en écrirai plus un seul.

LE QUAKER *(ne le quittant pas des yeux)*

Hum! il retombe.

LORD TALBOT

Est-il vrai que vous comptiez sur M. Beckford, sur mon vieux cousin ? Je suis surpris que vous n'ayez pas compté sur moi plutôt.

CHATTERTON

Le lord-maire est à mes yeux le gouvernement, et le gouvernement est l'Angleterre, mylord : c'est sur l'Angleterre que je compte.

LORD TALBOT

Malgré cela, je lui dirai ce que vous voudrez.

JOHN BELL

Il ne le mérite guère.

LE QUAKER

Bien! voilà une rivalité de protections. Le vieux lord voudra mieux protéger que le jeune. Nous y gagnerons peut-être.

On entend un roulement sur le pavé.

KITTY BELL

Il me semble que j'entends une voiture.

SCÈNE VI

LES PRÉCÉDENTS, LE LORD-MAIRE

Les jeunes lords descendent avec leurs serviettes à la main et en habit de chasse, pour voir le lord-maire. Six domestiques portant des torches entrent et se rangent en haie. On annonce le lord-maire.

KITTY BELL

Il vient lui-même, le lord-maire, pour M. Chatterton! — Rachel! mes enfants! quel bonheur! embrassez-moi.

Elle court à eux et les baise avec transport.

JOHN BELL

Les femmes ont des accès de folie inexplicables!

LE QUAKER *(à part)*

La mère donne à ses enfants un baiser d'amante sans le savoir.

M. BECKFORD *(parlant haut, et s'établissant pesamment et pompeusement dans un grand fauteuil)*

Ah! ah! voici, je crois, tous ceux que je cherchais réunis. — Ah! John Bell, mon féal ami, il fait bon vivre chez vous, ce me semble! car j'y vois de joyeuses figures qui aiment le bruit et le désordre plus que de raison. — Mais c'est de leur âge.

JOHN BELL

Mylord, Votre Seigneurie est trop bonne de me faire l'honneur de venir dans ma maison une seconde fois.

M. BECKFORD

Oui, pardieu, Bell, mon ami; c'est la seconde fois que j'y viens... Ah! les jolis enfants que voilà! Oui, c'est la seconde fois, car la première ce fut pour vous complimenter sur le bel établissement de vos manufactures, et aujourd'hui, je trouve cette maison nouvelle plus belle que jamais : c'est votre petite femme qui l'administre, c'est très bien. — Mon cousin Talbot, vous ne dites rien! Je vous ai dérangé, George, vous étiez en fête avec vos amis, n'est-ce pas ? Talbot, mon cousin, vous ne serez jamais qu'un libertin, mais c'est de votre âge.

LORD TALBOT

Ne vous occupez pas de moi, mon cher lord.

LORD LAUDERDALE

C'est ce que nous lui disons tous les jours, mylord.

M. BECKFORD

Et vous aussi, Lauderdale, et vous, Kingston ? toujours avec lui ? toujours des nuits passées à chanter, à jouer et à boire ? Vous ferez tous une mauvaise fin; mais je ne vous en veux pas, chacun a le droit de dépenser sa fortune comme il l'entend. — John Bell, n'avez-vous pas chez vous un jeune homme nommé Chatterton, pour qui j'ai voulu venir moi-même ?

CHATTERTON

C'est moi, mylord, qui vous ai écrit.

M. BECKFORD

Ah! c'est vous, mon cher! venez donc ici un peu, que je vous voie en face. J'ai connu votre père, un digne homme s'il en fut; un pauvre soldat, mais qui avait bravement fait son chemin. Ah! c'est vous qui êtes Thomas Chatterton ? vous vous êtes amusé à faire des vers, mon petit ami, c'est bon pour une fois, mais il ne faut pas continuer. Il n'y a personne qui n'ait eu cette fantaisie. Hé! hé! j'ai fait comme vous dans mon printemps, et jamais Littleton, Swift et Wilkes n'ont écrit pour les belles dames des vers plus galants et plus badins que les miens.

CHATTERTON

Je n'en doute pas, mylord.

M. BECKFORD

Mais je ne donnais aux Muses que le temps perdu. Je savais bien ce qu'en dit Ben Johnson : que la plus belle muse du monde ne peut suffire à nourrir son homme, et qu'il faut avoir ces demoiselles-là pour maîtresses, mais jamais pour femmes.

Lauderdale, Kingston et les lords rient.

LAUDERDALE

Bravo, mylord! c'est bien vrai!

LE QUAKER *(à part)*

Il veut le tuer à petit feu.

CHATTERTON

Rien de plus vrai, je le vois aujourd'hui, mylord.

M. BECKFORD

Votre histoire est celle de mille jeunes gens; vous n'avez rien pu faire que vos maudits vers, et à quoi sont-ils bons, je vous prie ? Je vous parle en père, moi, à quoi sont-ils bons ? — Un bon Anglais doit être utile au pays. — Voyons un peu, quelle idée vous faites-vous de nos devoirs à tous, tant que nous sommes ?

CHATTERTON *(à part)*

Pour elle! pour elle! je boirai le calice jusqu'à la lie. — Je crois les comprendre, mylord; — l'Angleterre est un vaisseau. Notre île en a la forme : la proue tournée au nord, elle est comme à l'ancre au milieu des mers, surveillant le continent. Sans cesse elle tire de ses flancs d'autres vaisseaux faits à son image, et qui vont la représenter sur toutes les côtes du monde. Mais c'est à bord du grand navire qu'est notre ouvrage à tous. Le roi, les lords, les communes sont au pavillon, au gouvernail et à la boussole; nous autres, nous devons tous avoir les mains aux cordages, monter aux mâts, tendre les voiles et charger les canons : nous sommes tous de l'équipage, et nul n'est inutile dans la manœuvre de notre glorieux navire.

M. BECKFORD

Pas mal! pas mal! quoiqu'il fasse encore de la poésie; mais en admettant votre idée, vous voyez que j'ai encore raison. Que diable peut faire le Poète dans la manœuvre ?

Un moment d'attente.

CHATTERTON

Il lit dans les astres la route que nous montre le doigt du Seigneur.

LORD TALBOT

Qu'en dites-vous, mylord ? lui donnez-vous tort ? Le pilote n'est pas inutile.

M. BECKFORD

Imagination! mon cher! ou folie, c'est la même chose; vous n'êtes bon à rien, et vous vous êtes rendu tel par ces billevesées. — J'ai des renseignements sur vous... à vous parler franchement... et...

LORD TALBOT

Mylord, c'est un de mes amis, et vous m'obligerez en le traitant bien...

M. BECKFORD

Oh! vous vous y intéressez, George ? eh bien, vous serez content; j'ai fait quelque chose pour votre protégé, malgré les recherches de Bale... Chatterton ne sait pas qu'on a découvert ses petites ruses de manuscrit; mais elles sont bien innocentes, et je les lui pardonne de bon cœur. Le Magisterial est un bien bon écrit; je vous l'apporte pour vous convertir, avec une lettre où vous trouverez mes propositions : il s'agit de cent livres sterling par an. Ne faites pas le dédaigneux, mon enfant; que diable! votre père n'était pas sorti de la côte d'Adam, il n'était pas frère du roi, votre père; et vous n'êtes bon à

rien qu'à ce qu'on vous propose, en vérité. C'est un commencement; vous ne me quitterez pas, et je vous surveillerai de près.

Kitty Bell supplie Chatterton, par un regard, de ne pas refuser. Elle a deviné son hésitation.

CHATTERTON *(il hésite un moment, puis après avoir regardé Kitty)*

Je consens à tout, mylord.

LORD LAUDERDALE

Que mylord est bon!

JOHN BELL

Voulez-vous accepter le premier toast, mylord ?

KITTY BELL *(à sa fille)*

Allez lui baiser la main.

LE QUAKER *(serrant la main à Chatterton)*

Bien, mon ami, tu as été courageux.

LORD TALBOT

J'étais sûr de mon gros cousin Tom. — Allons, j'ai fait tant qu'il est à bon port.

M. BECKFORD

John Bell, mon honorable Bell, conduisez-moi au souper de ces jeunes fous, que je les voie se mettre à table. — Cela me rajeunira.

LORD TALBOT

Parbleu! tout ira, jusqu'au Quaker. — Ma foi, mylord, que ce soit par vous ou par moi, voilà Chatterton tranquille; allons, — n'y pensons plus.

JOHN BELL

Nous allons tous conduire mylord. *(A Kitty Bell.)* — Vous allez revenir faire les honneurs, je le veux.

Elle va vers sa chambre.

CHATTERTON *(au Quaker)*

N'ai-je pas fait tout ce que vous vouliez ? *(Tout haut à lord Beckford.)* Mylord, je suis à vous tout à l'heure, j'ai quelques papiers à brûler.

M. BECKFORD

Bien, bien, il se corrige de la poésie, c'est bien.

Ils sortent.

JOHN BELL *(revient à sa femme brusquement)*

Mais rentrez donc chez vous, et souvenez-vous que je vous attends.

Kitty Bell s'arrête sur la porte un moment et regarde Chatterton avec inquiétude.

KITTY BELL *(à part)*

Pourquoi veut-il rester seul, mon Dieu!

Elle sort avec ses enfants et porte le plus jeune dans ses bras.

SCÈNE VII

CHATTERTON *(seul, se promenant)*

Allez, mes bons amis. — Il est bien étonnant que ma destinée change ainsi tout à coup. J'ai peine à m'y fier; pourtant les apparences y sont. — Je tiens là ma fortune. — Qu'a voulu dire cet homme en parlant de mes ruses ? Ah! toujours ce qu'ils disent tous. Ils ont deviné ce que je leur avouais moi-même, que je suis l'auteur de mon livre. Finesse grossière! je les reconnais là! Que sera cette place ? quelque emploi de commis ? tant mieux, cela est honorable! Je pourrai vivre sans écrire les choses communes qui font vivre. — Le Quaker rentrera dans la paix de son âme que j'ai troublée, et elle! Kitty Bell, je ne la tuerai pas, s'il est vrai que je l'eusse tuée. — Dois-je le croire, j'en doute : ce que l'on renferme toujours ainsi est peu violent; et pour être si aimante, son âme est bien maternelle. N'importe, cela vaut mieux, et je ne la verrai plus. C'est convenu... autant eût valu me tuer. Un corps est aisé à cacher. — On ne le lui eût pas dit. Le Quaker y eût veillé, il pense à tout. Et à présent, pourquoi vivre ? pour qui ?... — pour qu'elle vive, c'est assez... Allons... arrêtez-vous, idées noires, ne revenez pas... Lisons ceci... *(Il lit le journal.)* « Chatterton n'est pas l'auteur de ses œuvres... Voilà qui est bien prouvé. — Ces poèmes admirables sont réellement d'un moine nommé Rowley, qui les avait traduits d'un autre moine du dixième siècle, nommé Turgot... Cette imposture, pardonnable à un écolier, serait criminelle plus tard... Signé... *Bale...* » Bale ? Qu'est-ce que cela ? que lui ai-je fait ? — De quel égout sort ce serpent ?

Quoi ! mon nom est étouffé ! ma gloire éteinte ! mon honneur perdu ! — Voilà le juge !... le bienfaiteur ! voyons, qu'offre-t-il ? *(Il décachette la lettre, lit... et s'écrie avec indignation.)* Une place de premier valet de chambre dans sa maison !...

Ah ! pays damné ! terre du dédain ! sois maudite à jamais ! *(Prenant la fiole d'opium.)* O mon âme, je t'avais vendue ! je te rachète avec ceci. *(Il boit l'opium.)* Skirner sera payé ! — Libre de tous ! égal à tous, à présent ! — Salut, première heure de repos que j'aie goûtée ! — Dernière heure de ma vie, aurore du jour éternel, salut ! — Adieu, humiliation, haines, sarcasmes, travaux dégradants, incertitudes, angoisses, misères, tortures du cœur, adieu ! O quel bonheur, je vous dis adieu ! — Si l'on savait ! si l'on savait ce bonheur que j'ai..., on n'hésiterait pas si longtemps ! *(Ici, après un instant de recueillement durant lequel son visage prend une expression de béatitude, il joint les mains et poursuit.)* O Mort, Ange de délivrance, que ta paix est douce ! j'avais bien raison de t'adorer, mais je n'avais pas la force de te conquérir. — Je sais que tes pas seront lents et sûrs. Regarde-moi, Ange sévère, leur ôter à tous la trace de mes pas sur la terre. *(Il jette au feu tous ses papiers.)* Allez, nobles pensées écrites pour tous ces ingrats dédaigneux, purifiez-vous dans la flamme et remontez au ciel avec moi !

Il lève les yeux au ciel et déchire lentement ses poèmes, dans l'attitude grave et exaltée d'un homme qui fait un sacrifice solennel.

SCÈNE VIII

CHATTERTON, KITTY BELL

Kitty Bell sort lentement de sa chambre, s'arrête, observe Chatterton, et va se placer entre la cheminée et lui. — Il cesse tout à coup de déchirer ses papiers.

KITTY BELL *(à part)*

Que fait-il donc ? je n'oserai jamais lui parler ! Que brûle-t-il ? cette flamme me fait peur, et son visage éclairé par elle est lugubre. *(A Chatterton.)* N'allez-vous pas rejoindre mylord ?

CHATTERTON *(laisse tomber ses papiers; tout son corps frémit)*

Déjà! — Ah! c'est vous! — Ah! madame! à genoux! par pitié! oubliez-moi.

KITTY BELL

Eh! mon Dieu! pourquoi cela? qu'avez-vous fait ?

CHATTERTON

Je vais partir. — Adieu! — Tenez, madame, il ne faut pas que les femmes soient dupes de nous plus longtemps. Les passions des poètes n'existent qu'à peine. On ne doit pas aimer ces gens-là; franchement ils n'aiment rien; ce sont tous des égoïstes. Le cerveau se nourrit aux dépens du cœur. Ne les lisez jamais et ne les voyez pas; moi, j'ai été plus mauvais qu'eux tous.

KITTY BELL

Mon Dieu! pourquoi dites-vous : J'ai été ?

CHATTERTON

Parce que je ne veux plus être poète; vous le voyez, j'ai déchiré tout. — Ce que je serai ne vaudra guère mieux, mais nous verrons. Adieu! — Ecoutez-moi!... Vous avez une famille charmante; aimez-vous vos enfants ?

KITTY BELL

Plus que ma vie, assurément.

CHATTERTON

Aimez donc votre vie pour ceux à qui vous l'avez donnée.

KITTY BELL

Hélas! ce n'est que pour eux que je l'aime.

CHATTERTON

Eh! quoi de plus beau dans le monde, ô Kitty Bell! avec ces anges sur vos genoux, vous ressemblez à la divine Charité.

KITTY BELL

Ils me quitteront un jour.

CHATTERTON

Rien ne vaut cela pour vous! — C'est là le vrai dans la vie! Voilà un amour sans trouble et sans peur. En eux est le sang de votre sang, l'âme de votre âme : aimez-les, madame, uniquement et par-dessus tout. Promettez-le-moi!

KITTY BELL

Mon Dieu! vos yeux sont pleins de larmes, et vous souriez.

CHATTERTON

Puissent vos beaux yeux ne jamais pleurer et vos lèvres sourire sans cesse! O Kitty! ne laissez entrer en vous aucun chagrin étranger à votre paisible famille.

KITTY BELL

Hélas! cela dépend-il de nous ?

CHATTERTON

Oui! oui!... Il y a des idées avec lesquelles on peut fermer son cœur. — Demandez-en au Quaker, il vous en donnera. — Je n'ai pas le temps, moi; laissez-moi sortir.

Il marche vers sa chambre.

KITTY BELL

Mon Dieu! comme vous souffrez!

CHATTERTON

Au contraire. — Je suis guéri. — Seulement j'ai la tête brûlante. Ah! bonté! bonté! tu me fais plus de mal que leurs noirceurs.

KITTY BELL

De quelle bonté parlez-vous ? Est-ce de la vôtre ?

CHATTERTON

Les femmes sont dupes de leur bonté. C'est par bonté que vous êtes venue. On vous attend là-haut! J'en suis certain. Que faites-vous ici ?

KITTY BELL *(émue profondément et l'air hagard)*

A présent, quand toute la terre m'attendrait, j'y resterais.

CHATTERTON

Tout à l'heure je vous suivrai. — Adieu! adieu!

KITTY BELL *(l'arrêtant)*

Vous ne viendrez pas ?

CHATTERTON

J'irai. — J'irai.

KITTY BELL

Oh! vous ne voulez pas venir.

CHATTERTON

Madame! cette maison est à vous, mais cette heure m'appartient.

KITTY BELL

Qu'en voulez-vous faire ?

CHATTERTON

Laissez-moi, Kitty. Les hommes ont des moments où ils ne peuvent plus se courber à votre taille et s'adoucir la voix pour vous. Kitty Bell, laissez-moi.

KITTY BELL

Jamais je ne serai heureuse si je vous laisse ainsi, monsieur.

CHATTERTON

Venez-vous pour ma punition ? Quel mauvais génie vous envoie ?

KITTY BELL

Une épouvante inexplicable.

CHATTERTON

Vous serez plus épouvantée si vous restez.

KITTY BELL

Avez-vous de mauvais desseins, grand Dieu ?

CHATTERTON

Ne vous en ai-je pas dit assez ? Comment êtes-vous là ?

KITTY BELL

Eh! comment n'y serais-je plus ?

CHATTERTON

Parce que je vous aime, Kitty.

KITTY BELL

Ah! monsieur, si vous me le dites, c'est que vous voulez mourir.

CHATTERTON

J'en ai le droit, de mourir. — Je le jure devant vous, et je le soutiendrai devant Dieu!

KITTY BELL

Et moi je vous jure que c'est un crime; ne le commettez pas.

CHATTERTON

Il le faut, Kitty, je suis condamné.

KITTY BELL

Attendez seulement un jour pour penser à votre âme.

CHATTERTON

Il n'y a rien que je n'aie pensé, Kitty.

KITTY BELL

Une heure seulement pour prier.

CHATTERTON

Je ne peux plus prier.

KITTY BELL

Et moi! je vous prie pour moi-même. Cela me tuera.

CHATTERTON

Je vous ai avertie! Il n'est plus temps.

KITTY BELL

Et si je vous aime, moi!

CHATTERTON

Je l'ai vu, et c'est pour cela que j'ai bien fait de mourir; c'est pour cela que Dieu peut me pardonner.

KITTY BELL

Qu'avez-vous donc fait?

CHATTERTON

Il n'est plus temps, Kitty; c'est un mort qui vous parle.

KITTY BELL *(à genoux, les mains au ciel)*

Puissances du ciel! grâce pour lui.

CHATTERTON

Allez-vous-en... Adieu!

KITTY BELL *(tombant)*

Je ne le puis plus...

CHATTERTON

Eh bien donc! prie pour moi sur la terre et dans le ciel.

Il la baise au front et remonte l'escalier en chancelant; il ouvre sa porte et tombe dans sa chambre.

KITTY BELL

Ah! — Grand Dieu! *(Elle trouve la fiole.)* Qu'est-ce que cela? — Mon Dieu! pardonnez-lui.

SCÈNE IX

KITTY BELL, LE QUAKER

LE QUAKER *(accourant)*

Vous êtes perdue... Que faites-vous ici?

KITTY BELL *(renversée sur les marches de l'escalier)*

Montez vite! montez, monsieur, il va mourir; sauvez-le... s'il est temps.

Tandis que le Quaker s'achemine vers l'escalier, Kitty Bell cherche à voir, à travers les portes vitrées, s'il n'y a personne qui puisse donner du secours, puis ne voyant rien, elle suit le Quaker avec terreur, en écoutant le bruit de la chambre de Chatterton.

LE QUAKER *(en montant à grands pas, à Kitty Bell)*

Reste, reste, mon enfant, ne me suis pas.

Il entre chez Chatterton et s'enferme avec lui. On devine des soupirs de Chatterton et des paroles d'encouragement du Quaker. Kitty Bell monte à demi évanouie en s'accrochant à la rampe de chaque marche; elle fait effort pour tirer à elle la porte, qui résiste et s'ouvre enfin. On voit Chatterton mourant et tombé sur le bras du Quaker. Elle crie, glisse à demi morte sur la rampe de l'escalier, et tombe sur la dernière marche.

On entend John Bell appeler de la salle voisine.

JOHN BELL

Mistress Bell!

Kitty se lève tout à coup comme par ressort.

JOHN BELL *(une seconde fois)*

Mistress Bell!

Elle se met en marche et vient s'asseoir lisant sa Bible et balbutiant tout bas des paroles qu'on n'entend pas. Ses enfants accourent et s'attachent à sa robe.

LE QUAKER *(du haut de l'escalier)*

L'a-t-elle vu mourir? l'a-t-elle vu? *(Il va près d'elle.)* Ma fille! ma fille!

JOHN BELL *(entrant violemment et montant deux marches de l'escalier)*

Que fait-elle ici? Où est ce jeune homme? Ma volonté est qu'on l'emmène!

LE QUAKER

Dites qu'on l'emporte, il est mort.

JOHN BELL

Mort!

LE QUAKER

Oui, mort à dix-huit ans! Vous l'avez tous si bien reçu, étonnez-vous qu'il soit parti!

JOHN BELL

Mais...

LE QUAKER

Arrêtez, monsieur, c'est assez d'effroi pour une femme. *(Il la regarde et la voit mourante.)* Monsieur, emmenez ses enfants! Vite, qu'ils ne la voient pas.

Il arrache les enfants des pieds de Kitty, les passe à John Bell, et prend leur mère dans ses bras. John Bell les prend à part et reste stupéfait. Kitty Bell meurt dans les bras du Quaker.

JOHN BELL *(avec épouvante)*

Eh bien! eh bien! Kitty! Kitty! qu'avez-vous?

Il s'arrête en voyant le Quaker s'agenouiller.

LE QUAKER *(à genoux)*

Oh! dans ton sein! dans ton sein, Seigneur, reçois ces deux martyrs!

Le Quaker reste à genoux, les yeux tournés vers le ciel jusqu'à ce que le rideau soit baissé.

SUR LES REPRÉSENTATIONS DU

DRAME

JOUÉ LE 12 FÉVRIER 1835 A LA COMÉDIE-FRANÇAISE

Ce n'est pas à moi qu'il appartient de parler du succès de ce drame; il a été au-delà des espérances les plus exagérées de ceux qui voulaient bien le souhaiter. Malgré la conscience qu'on ne peut s'empêcher d'avoir de ce qu'il y a de passager dans l'éclat du théâtre, il y a aussi quelque chose de grand, de grave et presque religieux dans cette alliance contractée avec l'assemblée dont on est entendu, et c'est une solennelle récompense des fatigues de l'esprit. — Aussi serait-il injuste de ne pas nommer les interprètes à qui l'on a confié ses idées dans un livre qui sera plus durable que les représentations du drame qu'il renferme. Pour moi, j'ai toujours pensé que l'on ne saurait rendre trop hautement justice aux acteurs, eux dont l'art difficile s'unit à celui du poète dramatique, et complète son œuvre. — Ils parlent, ils combattent pour lui, et offrent leur poitrine aux coups qu'il va recevoir, peut-être; ils vont à la conquête de la gloire solide qu'il conserve, et n'ont pour eux que celle d'un moment. Séparés du monde qui leur est bien sévère, leurs travaux sont perpétuels, et leur triomphe va peu au-delà de leur existence. Comment ne pas constater le souvenir des efforts qu'ils font tous, et ne pas écrire ce que signerait chacun de ces spectateurs qui les applaudissent avec ivresse ?

Jamais aucune pièce de théâtre ne fut mieux jouée, je crois, que ne l'a été celle-ci, et le mérite en est grand; car, derrière le drame écrit, il y a comme un second drame que l'écriture n'atteint pas, et que n'expriment pas les paroles. Ce drame repose dans le mystérieux amour de

Chatterton et de Kitty Bell; cet amour qui se devine toujours et ne se dit jamais; cet amour de deux êtres si purs qu'ils n'oseront jamais se parler, ni rester seuls qu'au moment de la mort; amour qui n'a pour expression que de timides regards, pour message qu'une Bible, pour messagers que deux enfants, pour caresses que la trace des lèvres et des larmes que ces fronts innocents portent de la jeune mère au jeune poète; amour que le Quaker repousse toujours d'une main tremblante et gronde d'une voix attendrie. Ces rigueurs paternelles, ces tendresses voilées ont été exprimées et nuancées avec une perfection rare et un goût exquis. Assez d'autres se chargeront de juger et de critiquer les acteurs; moi je me plais à dire ce qu'ils avaient à vaincre, et en quoi ils ont réussi.

L'onction et la sérénité d'une vie sainte et courageuse, la douce gravité du Quaker, la profondeur de sa prudence, la chaleur passionnée de ses sympathies et de ses prières, tout ce qu'il y a de sacré et de puissant dans son intervention paternelle, a été parfaitement exprimé par le talent savant et expérimenté de M. Joanny. Ses cheveux blancs, son aspect vénérable et bon, ajoutaient à son habileté consommée la naïveté d'une réalisation complète.

Un homme très jeune encore, M. Geffroy, a accepté et hardiment abordé les difficultés sans nombre d'un rôle qui, à lui seul, est la pièce entière. Il a dignement porté ce fardeau, regardé comme pesant par les plus savants acteurs. Avec une haute intelligence il a fait comprendre la fierté de Chatterton dans sa lutte perpétuelle, opposée à la candeur juvénile de son caractère; la profondeur de ses douleurs et de ses travaux, en contraste avec la douceur paisible de ses penchants; son accablement, chaque fois que le rocher qu'il roule retombe sur lui pour l'écraser; sa dernière indignation et sa résolution subite de mourir, et par-dessus tous ces traits, exprimés avec un talent souple, fort et plein d'avenir, l'élévation de sa joie lorsque enfin il a délivré son âme et la sent libre de retourner dans sa véritable patrie.

Entre ces deux personnages s'est montrée, dans toute la pureté idéale de sa forme, Kitty Bell, l'une des rêveries de Stello. On savait quelle tragédienne on allait revoir dans Mme Dorval; mais avait-on prévu cette grâce poétique avec laquelle elle a dessiné la femme nouvelle qu'elle a voulu devenir ? Je ne le crois pas. Sans cesse elle fait naître le souvenir des Vierges maternelles de Raphaël et des plus beaux tableaux de la Charité; — sans efforts elle est posée comme elles; comme elles aussi, elle porte, elle emmène, elle assied ses enfants, qui ne semblent jamais pouvoir être séparés de leur gracieuse mère; offrant ainsi aux peintres des groupes dignes de leur étude, et qui ne semblent pas étudiés. Ici sa voix est tendre jusque dans la douleur et le désespoir; sa parole lente et mélancolique est celle de l'abandon et de la pitié; ses gestes, ceux de la dévotion bienfaisante; ses regards ne cessent de demander grâce au ciel pour l'infortune; ses mains sont toujours prêtes à se croiser pour la prière; on sent que les élans de son cœur, contenus par le devoir, lui vont être mortels aussitôt que l'amour et la terreur l'auront vaincue. Rien n'est innocent et doux comme ses ruses et ses coquetteries naïves pour obtenir que le Quaker lui parle de Chatterton. Elle est bonne et modeste jusqu'à ce qu'elle soit surprenante d'énergie, de tragique grandeur et d'inspirations imprévues, quand l'effroi fait enfin sortir au-dehors tout le cœur d'une femme et d'une amante. Elle est poétique dans tous les détails de ce rôle qu'elle caresse avec amour, et dans son ensemble qu'elle paraît avoir composé avec prédilection, montrant enfin sur la scène française le talent le plus accompli dont le théâtre se puisse enorgueillir.

Ainsi ont été représentés les trois grands caractères sur lesquels repose le drame. Trois autres personnages, dont les premiers sont les victimes, ont été rendus avec une rare vérité. John Bell est bien l'égoïste, le calculateur bourru; bas avec les grands, insolent avec les petits. Le lord-maire est bien le protecteur empesé, sot, confiant en lui-même, et ces deux rôles sont largement joués. Lord Talbot, bruyant, insupportable et obligeant sans bonté, a été représenté avec élégance, ainsi que ses amis importuns.

J'avais désiré et j'ai obtenu que cet ensemble offrît l'aspect sévère et simple d'un tableau flamand, et j'ai pu ainsi faire sortir quelques vérités morales du sein d'une famille grave et honnête; agiter une question sociale, et en faire découler les idées de ces lèvres qui doivent les trouver sans effort, les faisant naître du sentiment profond de leur position dans la vie.

Cette porte est ouverte à présent, et le peuple le plus impatient a écouté les plus longs développements philosophiques et lyriques.

Essayons à l'avenir de tirer la scène du dédain où sa futilité l'ensevelirait infailliblement en peu de temps. Les hommes sérieux et les familles honorables qui s'en éloignent pourront revenir à cette tribune et à cette chaire, si l'on y trouve des pensées et des sentiments dignes de graves réflexions.

STELLO (FRAGMENT)

INTRODUCTION
POUR UN FRAGMENT DE *STELLO*

Contrairement aux espoirs que Vigny avait placés dans la révolution de 1830, le gouvernement de Juillet ne prévit aucune fonction politique particulière pour les poètes et, plus généralement, pour les aristocrates de la pensée. Déçu, mais voulant dominer sa rancœur, Vigny se persuade dans *Stello*, en 1832, que l'engagement politique est une folie pour un poète, une forfaiture à l'égard de son inspiration. Il oppose donc un malade mental, Stello, qui incarne son cœur, son enthousiasme, ses velléités d'action, et un médecin, le Docteur Noir, qui représente son intelligence pratique et son sens du réel. Au cours d'une sorte de cure, le Docteur raconte à son malade trois anecdotes pour lui prouver que le pouvoir, monarchie absolue, monarchie constitutionnelle ou démocratie, craint, méprise ou déteste le poète. Celui-ci serait donc dupe de sa bonne volonté s'il se soumettait aux hommes politiques. La seconde nouvelle de *Stello*, l'*Histoire de Kitty Bell*, s'en prend au gouvernement représentatif. Elle offre une première version du sujet que *Chatterton* portera au théâtre en 1835.

F. G.

XIV

HISTOIRE DE KITTY BELL

Kitty Bell était une jeune femme comme il y en a tant en Angleterre, même dans le peuple. Elle avait le visage tendre, pâle et allongé, la taille élevée et mince, avec de grands pieds et quelque chose d'un peu maladroit et décontenancé que je trouvais plein de charme. A son aspect élégant et noble, à son nez aquilin, à ses grands yeux bleus, vous l'eussiez prise pour une des belles maîtresses de Louis XIV dont vous aimez tant les portraits sur émail, plutôt que pour ce qu'elle était, c'est-à-dire une marchande de gâteaux. Sa petite boutique était située près du Parlement, et quelquefois, en sortant, les membres des deux Chambres descendaient de cheval à sa porte, et venaient manger des *buns* et des *mince-pies* en continuant la discussion sur le Bill. C'était devenu une sorte d'habitude, par laquelle la boutique s'agrandissait chaque année, et prospérait sous la garde des deux petits enfants de Kitty. Ils avaient huit ans et dix ans, le visage frais et rose, les cheveux blonds, les épaules toutes nues et un grand tablier blanc devant eux et sur le dos, tombant comme une chasuble.

Le mari de Kitty, *master Bell*, était un des meilleurs selliers de Londres, et si zélé pour son état, pour la confection et le perfectionnement de ses brides et de ses értiers, qu'il ne mettait presque jamais le pied à la boutique de sa jolie femme dans la journée. Elle était sérieuse et sage; il le savait, il y comptait, et je crus, en vérité, qu'il n'était pas trompé.

En voyant Kitty, vous eussiez dit la statue de la Paix. L'ordre et le repos respiraient en elle, et tous ses gestes en étaient la preuve irrécusable. Elle s'appuyait à son comptoir et penchait sa tête, dans une attitude douce, en regardant ses beaux enfants. Elle croisait les bras, attendait les passants avec la plus angélique patience, et les recevait ensuite en se levant avec respect, répondait juste et seulement le mot qu'il fallait, faisait signe à ses garçons, ployait modestement la monnaie dans du papier pour la rendre, et c'était là toute sa journée, à peu de chose près.

J'avais toujours été frappé de la beauté et de la longueur de ses cheveux blonds, d'autant plus qu'en 1770 les femmes anglaises ne mettaient plus sur leur tête qu'un léger nuage de poudre, et qu'en 1770 j'étais assez disposé à admirer les beaux cheveux attachés en large chignon derrière le cou, et détachés en longs repentirs devant le cou. J'avais d'ailleurs une foule de comparaisons agréables au service de cette belle et chaste personne. Je parlais assez ridiculement l'anglais, comme nous faisons d'habitude, et je m'installais devant le comptoir, mangeant ses petits gâteaux et la comparant. Je la comparais à Paméla, ensuite à Clarisse, un instant après à Ophélia, quelques heures plus tard à Miranda. Elle me faisait verser du *soda-water* et me souriait avec un air de douceur et de prévenance, comme s'attendant toujours à quelque saillie extrêmement gaie de la part du *Français*; elle riait même quand j'avais ri. Cela durait une heure ou deux, après quoi elle me disait qu'elle me demandait bien pardon, mais ne comprenait pas l'allemand. N'importe, j'y revenais, sa figure me reposait à voir. Je lui parlais toujours avec la même confiance et elle m'écoutait avec la même résignation. D'ailleurs, ses enfants m'aimaient pour ma canne à la Tronchin, qu'ils sculptaient à coups de couteau; un beau jonc pourtant!

Il m'arriva quelquefois de rester dans un coin de sa boutique à lire le journal, entièrement oublié d'elle et des acheteurs, causeurs, disputeurs, mangeurs et buveurs qui s'y trouvaient; c'était alors que j'exerçais mon métier chéri d'observateur. Voici une des choses que j'observai :

Tous les jours, à l'heure où le brouillard était assez épais pour cacher cette espèce de lanterne sourde que les Anglais prennent pour le soleil, et qui n'est que la caricature du nôtre comme le nôtre est la parodie du soleil d'Egypte, à cette heure, qui est souvent deux heures après midi; enfin dès que venait l'*entre chien et loup*, entre le jour et les flambeaux, il y avait une ombre qui passait sur le trottoir devant les vitres de la boutique; Kitty Bell se levait sur-le-champ de son comptoir, l'aîné de ses enfants ouvrait la porte, elle lui donnait quelque chose qu'il courait porter dehors; l'ombre disparaissait, et la mère rentrait chez elle.

« Ah! Kitty! Kitty! dis-je en moi-même, cette ombre est celle d'un jeune homme, d'un adolescent imberbe! Qu'avez-vous fait, Kitty Bell? Que faites-vous, Kitty Bell? Kitty Bell, que ferez-vous ? Cette ombre est élancée et leste dans sa démarche. Elle est enveloppée d'un manteau noir qui ne peut réussir à la rendre grossière dans sa forme. Cette ombre porte un chapeau triangulaire dont un des côtés est rabattu sur les yeux; mais on voit deux flammes sous ce large bord, deux flammes comme Prométhée les dut puiser au soleil. »

Je sortis en soupirant, la première fois que je vis ce petit manège, parce que cela me gâtait l'idée de ma paisible et vertueuse Kitty; et puis vous savez que jamais un homme ne voit ou ne croit voir le bonheur d'un autre homme auprès d'une femme sans le trouver haïssable, n'eût-il nulle prétention pour lui-même... La seconde fois je sortis en souriant; je m'applaudissais de ma finesse pour avoir deviné cela, tandis que les gros Lords et les longues Ladies sortaient sans avoir rien découvert. La troisième fois je m'y intéressai, et je me sentis un tel désir de recevoir la confidence de ce joli petit secret, que je crois que je serais devenu complice de tous les crimes de la famille d'Agamemnon, si Kitty Bell m'eût dit : « Oui, monsieur, c'est cela même. »

Mais non, Kitty Bell ne me disait rien. Toujours paisible, toujours placide comme au sortir du prêche, elle ne daignait pas même me regarder avec embarras, comme pour me dire : *Je suis sûre que vous êtes un homme trop bien élevé et trop délicat pour en rien dire; je voudrais bien que vous n'eussiez rien vu; il est bien mal à vous de rester si tard chaque jour*. Elle ne me regardait pas non plus d'un air de mauvaise humeur et d'autorité, comme pour me dire : *Lisez toujours, ceci ne vous regarde pas*. Une Française impatiente n'y eût pas manqué, comme bien vous savez; mais elle avait trop d'orgueil, ou de confiance en elle-même, ou de mépris pour moi; elle se remettait à son comptoir avec un sourire aussi pur, aussi calme et aussi religieux que si rien ne se fût passé. Je fis de vains efforts pour attirer son attention. J'avais beau me pincer les lèvres, aiguiser mes regards malins, tousser avec importance et gravité comme un abbé qui réfléchit sur la confession d'une fille de dix-huit ans, ou un juge qui vient d'interroger un faux monnayeur; j'avais beau ricaner dans mes dents en marchant vite et me frottant les mains, comme un fin matois qui se rappelle ses petites fredaines, et se réjouit de voir certains petits tours où il est expert; j'avais beau m'arrêter tout à coup devant elle, lever les yeux au ciel et laisser tomber mes bras avec abattement, comme un homme qui voit une jeune femme se noyer de gaieté de cœur et se précipiter dans l'eau du haut du pont; j'avais beau jeter mon journal tout à coup et le chiffonner comme un mouchoir de poche, ainsi que pourrait faire un philanthrope désespéré, renonçant à conduire les hommes au bonheur par la vertu; j'avais beau passer devant elle d'un air de grandeur, marchant sur les talons et baissant les yeux dignement, comme un monarque offensé de la conduite trop leste qu'ont tenue en sa présence un page et une fille d'honneur; j'avais beau courir à la porte vitrée, un instant après la disparition de l'ombre, et m'arrêter là comme un voyageur parisien au bord d'un torrent, arrangeant ses cheveux rares, de manière qu'ils aient l'air dérangés par les zéphyrs, et parlant du vague des passions tandis qu'il ne pense qu'au positif des intérêts; j'avais beau prendre mon parti tout à coup et marcher vers elle comme un poltron qui fait le brave et se lance sur son adversaire jusqu'à ce qu'étant à portée, il s'arrête, manquant à la fois de pensée, de parole et d'action. — Toutes mes grimaces de réflexion, de pénétration, de confusion, de contrition, de componction, de renonciation, d'abnégation, de consomption, de résolution, de dénomination et d'explication, toute ma pantomime enfin vint échouer devant ce doux visage de marbre, dont l'inaltérable sourire et le regard candide et bienfaisant ne me permirent pas de dire une seule parole intelligible.

J'y serais encore (car j'avais résolu de n'en pas avoir le démenti, et je fus toujours persévérant en diable); oui, monsieur, j'y serais encore, j'en jure par ce que vous voudrez (j'en jure sur votre Panthéon, deux fois décanonisé par les canons, et d'où sainte Geneviève est allée coucher deux fois dans la rue; ô galant Attila, qu'en dis-tu ?); je jure que j'y serais encore, s'il ne fût arrivé une aventure qui m'éclaira sur l'ombre amoureuse, comme elle vous éclairera vous-même, je le désire, sur l'ombre politique que vous poursuivez depuis une heure.

XV

UNE LETTRE ANGLAISE

Jamais la vénérable ville de Londres n'avait étalé avec tant de grâce les charmes de ses vapeurs naturelles et artificielles, et n'avait répandu avec autant de générosité les nuages grisâtres et jaunâtres de son brouillard mêlés aux nuages noirâtres de son charbon de terre; jamais le soleil n'avait été aussi mat ni aussi plat que le jour où je me trouvai plus tôt que de coutume à la petite boutique de Kitty. Ses deux beaux enfants étaient debout devant la porte de cuivre de la maison. Ils ne jouaient pas, mais se promenaient gravement les mains derrière le dos, imitant leur père avec un air sérieux charmant à voir, placé comme il était sur des joues fraîches, sentant encore le lait, bien roses et bien pures, et sortant du berceau. En entrant je m'amusai un instant à les regarder faire, et puis je portai la vue sur leur mère. Ma foi, je reculai. C'était la même figure, les mêmes traits réguliers et calmes; mais ce n'était plus Kitty Bell, c'était sa statue très ressemblante. Oui, jamais statue de marbre ne fut aussi décolorée; j'atteste qu'il n'y avait pas sous la peau blanche de sa figure une seule goutte de sang; ses lèvres étaient presque aussi pâles que le reste, et le feu de la vie ne brûlait que le bord de ses grands yeux. Deux lampes l'éclairaient et disputaient le droit de colorer la chambre à la lueur brumeuse et mourante du jour. Ces lampes, placées à droite et à gauche de sa tête penchée, lui donnaient quelque chose de funéraire dont je fus frappé. Je m'assis en silence devant le comptoir : elle sourit.

Quelle que soit l'opinion que vous aient donnée sur mon compte l'inflexibilité de mes raisonnements et la dure analyse de mes observations, je vous assure que je suis très bon; seulement je ne le dis pas. En 1770 je le laissais voir; cela m'a fait tort, et je m'en suis corrigé.

Je m'approchai donc du comptoir, et je lui pris la main en ami. Elle serra la mienne d'une façon très cordiale et je sentis un papier doux et froissé qui roulait entre nos deux mains : c'était une lettre qu'elle me montra tout à coup en étendant le bras d'un air désespéré, comme si elle m'eût montré un de ses enfants mort à ses pieds.

Elle me demanda en anglais si je saurais la lire.

« J'entends l'anglais avec les yeux », lui dis-je en prenant sa lettre du bout du doigt, n'osant pas la tirer à moi et y porter la vue sans sa permission.

Elle comprit mon hésitation et m'en remercia par un sourire plein d'une inexprimable bonté et d'une tristesse mortelle qui voulait dire : « Lisez, mon ami, je vous le permets, et cela m'importe peu. »

Les médecins jouent à présent dans la société le rôle des prêtres dans le Moyen Age. Ils reçoivent les confidences des ménages troublés, des parentés bouleversées par les fautes et les passions de famille. L'Abbé a cédé la ruelle au Docteur, comme si cette société, en devenant matérialiste, avait jugé que la cure de l'âme devait dépendre désormais de celle du corps.

Comme j'avais guéri les gencives et les ongles des deux enfants, j'avais un droit incontestable à connaître les peines secrètes de leur mère. Cette certitude me donna confiance, et je lus la lettre que voici. Je l'ai prise sur moi comme un des meilleurs remèdes que je puisse apporter à vos dispositions douloureuses. Ecoutez.

Le Docteur tira lentement de son portefeuille une lettre excessivement jaune, dont les angles et les plis s'ouvraient comme ceux d'une vieille carte géographique, et lut ce qui suit avec l'air d'un homme déterminé à ne pas faire grâce au malade d'une seule parole :

My dear madam,

I will only confide to you...

« O ciel ! s'écria Stello, vous avez un accent français d'une pesanteur insupportable. Traduisez cette lettre, Docteur, dans la langue de nos pères, et tâchez que je ne sente pas trop les angoisses, les bégayements et les anicroches des traducteurs, qui fait que l'on croit marcher avec eux dans la terre labourée, à la poursuite d'un lièvre, emportant sur ses guêtres dix livres de boue.

— Je ferai de mon mieux pour que l'émotion ne se perde pas en route, dit le Docteur Noir, plus noir que jamais, et si vous sentez l'émotion en trop grand péril, vous crierez, ou vous sonnerez, ou vous frapperez du pied pour m'avertir. »

Il poursuivit ainsi :

« MA CHÈRE MADAME,

« A vous seule je me confierai, à vous, madame, à vous, Kitty, à vous, beauté paisible et silencieuse qui seule avez fait descendre sur moi le regard ineffable de la pitié. J'ai résolu d'abandonner pour toujours votre maison, et j'ai un moyen sûr de m'acquitter envers vous. Mais je veux déposer en vous le secret de mes misères, de ma tristesse, de mon silence et de mon absence obstinée. Je suis un hôte trop sombre pour vous, il est temps que cela finisse.

« J'ai dix-huit ans aujourd'hui. Si l'âme ne se développe, comme je le crois, et ne peut étendre ses ailes qu'après que nos yeux ont vu pendant quatorze ans la lumière du soleil; si, comme je l'ai éprouvé, la mémoire ne commence qu'après quatorze années à ouvrir ses tables et à en suivre les registres toujours incomplets, je puis dire que mon âme n'a que quatre ans encore depuis qu'elle se connaît, depuis qu'elle agit au-dehors, depuis qu'elle a pris son vol. Dès le jour où elle a commencé de fendre l'air du front et de l'aile, elle ne s'est pas posée à terre une fois; si elle s'y abat, ce sera pour y mourir, je le sais. Jamais le sommeil des nuits n'a été une interruption au mouvement de ma pensée; seulement je la sentais flotter et s'égarer dans le tâtonnement aveugle du rêve, mais toujours les ailes déployées, toujours le cou tendu, toujours l'œil ouvert dans les ténèbres, toujours élancée vers le but où l'entraînait un mystérieux désir. Aujourd'hui la fatigue accable mon âme, et elle est semblable à celle dont il est dit dans le Livre saint : *Les âmes blessées pousseront leurs cris vers le ciel.*

« Pourquoi ai-je été créé tel que je suis ? J'ai fait ce que j'ai dû faire, et les hommes m'ont repoussé comme un ennemi. Si dans la foule il n'y a pas place pour moi, je m'en irai.

« Voici maintenant ce que j'ai à vous dire :

« On trouvera dans ma chambre, au chevet de mon

lit, des papiers et des parchemins confusément entassés. Ils ont l'air vieux, et ils sont jeunes : la poussière qui les couvre est factice; c'est moi qui suis le Poète de ces poèmes; le moine Rowley, c'est moi. J'ai soufflé sur sa cendre; j'ai reconstruit son squelette; je l'ai revêtu de chair; je l'ai ranimé; je lui ai passé sa robe de prêtre; il a joint les mains et il a chanté.

« Il a chanté comme Ossian. Il a chanté la *Bataille d'Hastings*, la tragédie d'*Ella*, la ballade de *Charité*, avec laquelle vous endormiez vos enfants; celle de *Sir William Canynge* qui vous a tant plu; la tragédie de *Goddwyn*, le *Tournoi* et les vieilles *Eglogues* du temps de Henri II.

« Ce qu'il m'a fallu de travaux durant quatre ans pour arriver à parler ce langage du quinzième siècle, dont le moine Rowley est supposé se servir pour traduire le moine Turgot et ses poèmes composés au dixième siècle, eût rempli les quatre-vingts années de ce moine imaginaire. J'ai fait de ma chambre la cellule d'un cloître; j'ai béni et sanctifié ma vie et ma pensée; j'ai raccourci ma vue et j'ai éteint devant mes yeux les lumières de notre âge; j'ai fait mon cœur plus simple et l'ai baigné dans le bénitier de la foi catholique; je me suis appris le parler enfantin des vieux temps; j'ai écrit, comme le roi Harold au duc Guillaume, en demi-saxon et demi-franc, et ensuite j'ai placé ma Muse religieuse dans sa châsse comme une sainte.

« Parmi ceux qui l'ont vue, quelques-uns ont prié devant elle et ont passé outre; beaucoup d'autres ont ri; un grand nombre m'a injurié; tous m'ont foulé aux pieds. J'espérais que l'illusion de ce nom supposé ne serait qu'un voile pour moi; je sens qu'elle m'est un linceul.

« O ma belle amie, sage et douce hospitalière qui m'avez recueilli! croirez-vous que je n'ai pu réussir à renverser le fantôme de Rowley que j'avais créé de mes mains ? Cette statue de pierre est tombée sur moi et m'a tué; savez-vous comment ?

« O douce et simple Kitty Bell! savez-vous qu'il existe une race d'hommes au cœur sec et à l'œil microscopique, armée de pinces et de griffes ? Cette fourmilière se presse, se roule, se rue sur le moindre de tous les livres, le ronge, le perce, le lacère, le traverse plus vite et plus profondément que le ver ennemi des bibliothèques. Nulle émotion n'entraîne cette impérissable famille, nulle inspiration ne l'enlève, nulle clarté ne la réjouit ni l'échauffe; cette race indestructible et destructive, dont le sang est froid comme celui de la vipère et du crapaud, voit clairement les trois taches du soleil et n'a jamais remarqué ses rayons; elle va droit à tous les défauts; elle pullule sans fin dans les blessures mêmes qu'elle a faites, dans le sang et les larmes qu'elle a fait couler; toujours mordante et jamais mordue, elle est à l'abri des coups par sa ténuité, son abaissement, ses détours subtils et ses sinuosités perfides; ce qu'elle attaque se sent blessé au cœur comme par les insectes verts et innombrables que la peste d'Asie fait pleuvoir sur son chemin; ce qu'elle a blessé se dessèche, se dissout intérieurement, et, sitôt que l'air le frappe, tombe au premier souffle ou au moindre toucher.

« Epouvantés de voir comment quelques esprits élevés se passaient de main en main les parchemins que j'avais passé les nuits à inventer, comment le moine Rowley paraissait aussi grand qu'Homère à lord Chatham, à lord North, à sir William Draper, au juge Blackstone, à quelques autres hommes célèbres, ils se sont hâtés de croire à la réalité de mon Poète imaginaire; j'ai pensé d'abord qu'il me serait facile de me faire reconnaître. J'ai fait des antiquités en un matin, plus antiques encore que les premières. On les a reniées sans me rendre hommage des autres. D'ailleurs, tout à la fois a été dédaigné; mort et vivant, le Poète a été repoussé par les têtes solides dont un signe ou un mot décide des destinées de la Grande-Bretagne : le reste n'a pas osé lire. Cela reviendra quand je ne serai plus; ce moment-là ne peut tarder beaucoup : j'ai fini ma tâche :

Othello's occupation 's gone.

« Ils ont dit qu'il y avait en moi la patience et l'imagination; ils ont cru que de ces deux flambeaux on pouvait souffler l'un et conserver l'autre. — *Ynne Heav'n Godd's mercie synge !* dis-je avec Rowley. Que Dieu leur remette leurs péchés! ils allaient tout éteindre à la fois! J'essayai de leur obéir, parce que je n'avais plus de pain et qu'il en fallait envoyer à Bristol pour ma mère qui est très vieille, et qui va mourir après moi. J'ai tenté leurs travaux exacts, et je n'ai pu les accomplir; j'étais semblable à un homme qui passe du grand jour à une caverne obscure, chaque pas que je faisais était trop grand, et je tombais. Ils en ont conclu que je ne savais pas marcher. Ils m'ont déclaré incapable de choses utiles; j'ai dit : *Vous avez raison*, et je me suis retiré.

« Aujourd'hui que me voici hors de chez moi (je devrais dire de chez vous) plus tôt que de coutume, j'avais projeté d'attendre M. Beckford, que l'on dit bienfaisant, et qui m'a fait annoncer sa visite; mais je n'ai pas le courage de voir en face un protecteur. Si ce courage me revient, je rentrerai chez moi. Tout le matin j'ai rôdé sur le bord de la Tamise. Nous voici en novembre, au temps des grands brouillards; celui d'aujourd'hui s'étend devant les fenêtres comme un drap blanc. J'ai passé dix fois devant votre porte, je vous ai regardée sans être aperçu de vous, et j'ai demeuré le front appuyé sur les vitres comme un mendiant. J'ai senti le froid tomber sur moi et couler sur mes membres; j'ai espéré que la mort me prendrait ainsi, comme elle a pris d'autres pauvres sous mes yeux; mais mon corps faible est doué pourtant d'une insurmontable vitalité. Je vous ai bien considérée pour la dernière fois, et sans vouloir vous parler, de crainte de voir une larme dans vos beaux yeux; j'ai cette faiblesse encore de penser que je reculerais devant ma résolution si je vous voyais pleurer.

« Je vous laisse tous mes livres, tous mes parchemins et tous mes papiers, et je vous demande en échange le pain de ma mère, vous n'aurez pas longtemps à le lui envoyer.

« Voici la première page qu'il me soit arrivé d'écrire avec tranquillité. On ne sait pas assez quelle paix intérieure est donnée à celui qui a résolu de se reposer pour toujours. On dirait que l'Éternité se fait sentir d'avance, et qu'elle est pareille à ces belles contrées de l'Orient dont on respire l'air embaumé longtemps avant d'en avoir touché le sol.

« THOMAS CHATTERTON. »

XVI

OÙ LE DRAME EST INTERROMPU PAR L'ÉRUDITION D'UNE MANIÈRE DÉPLORABLE AUX YEUX DE QUELQUES DIGNES LECTEURS

Lorsque j'eus achevé de lire cette grande lettre, qui me fatigua beaucoup la vue et l'entendement, à cause de la finesse de l'écriture et de la quantité d'*e* muets et d'*y* que Chatterton y avait entassés par habitude d'écrire le vieil anglais, je la rendis à la sérieuse Kitty. Elle était restée appuyée sur son comptoir; son cou long et flexible laissait aller sur l'épaule sa tête rêveuse, et ses deux coudes, appuyés sur le marbre blanc, s'y réfléchissaient, ainsi que tout son buste charmant. Elle ressemblait à une petite gravure de Sophie Western, la patiente maîtresse de Tom Jones, gravure que j'ai vue autrefois à Douvres, chez...

« Ah! vous allez encore la comparer, interrompit Stello; qu'ai-je besoin que vous me fassiez un portrait en miniature de tous vos personnages ? Une esquisse suffit, croyez-moi, à ceux qui ont un peu d'imagination; un seul trait, Docteur, quand il est juste, me vaut mieux que tant de détails, et si je vous laisse faire, vous me direz de quelle manufacture était la soie qui servit à nouer la rosette de ses souliers : pernicieuse habitude de narration, qui gagne d'une manière effrayante.

— Là! là! s'écria le Docteur Noir, avec autant d'indignation qu'il put forcer son visage impassible à en indiquer; sitôt que je veux devenir sensible vous m'arrêtez tout court; ma foi, vogue la galère! vive Démocrite! Habituellement j'aime mieux qu'on ne rie ni ne pleure, et qu'on voie froidement la vie comme un jeu d'échecs, mais, s'il faut choisir d'Héraclite ou de Démocrite pour parler aux hommes d'eux-mêmes, j'aime mieux le dernier, comme plus dédaigneux. C'est vraiment par trop estimer la vie que la pleurer : les *larmoyeurs* et les *haïsseurs* la prennent trop à cœur. C'est ce que vous faites, dont bien me fâche. L'espèce humaine, qui est incapable de rien faire de bien ou de mal, devrait moins vous agiter par son spectacle monotone. Permettez donc que je poursuive à ma manière.

— Vous me poursuivez en effet », soupira Stello d'un ton de victime.

L'autre poursuivit fort à son aise :

« Kitty Bell reprit la lettre, tourna languissamment sa tête vers la rue, la secoua deux fois et me dit :

« *He is gone !* »

— Assez! assez! La pauvre petite! s'écria Stello. Oh! assez! N'ajoutez rien à cela. Je la vois tout entière dans ce seul mot : *Il est parti !* Ah! silencieuse Anglaise, c'est bien tout ce que vous avez dû dire! Oui, je vous entends; vous lui aviez donné asile, vous ne lui faisiez jamais sentir qu'il était chez vous; vous lisiez respectueusement ses vers, et vous ne vous permettiez jamais un compliment audacieux; vous ne lui laissiez voir qu'ils étaient beaux, à vos yeux, que par votre soin à les apprendre à vos enfants avec leur prière du soir. Peut-être hasardiez-vous un timide trait de crayon en marge des adieux de Bertha à son ami; une croix, presque imperceptible et facile à effacer, au-dessus du vers qui renferme la tombe du roi Harold; et, si une de vos larmes a enlevé une lettre du précieux manuscrit, vous avez cru sincèrement y avoir fait une tache, et vous avez cherché à la faire disparaître. Et *il est parti !* Pauvre Kitty! L'ingrat, *he is gone !*

— Bien! très bien! dit le Docteur, il n'y a qu'à vous lâcher la bride; vous m'épargnez bien des paroles vaines, et vous devinez très juste. Mais qu'avais-je besoin de vous donner d'aussi inutiles détails sur Chatterton! Vous connaissez aussi bien que moi ses ouvrages.

— C'est assez ma coutume, reprit Stello nonchalamment, de me laisser instruire avec résignation sur les choses que je sais le mieux, afin de voir si on les sait de la même manière que moi; car il y a diverses manières de savoir les choses.

— Vous avez raison, dit le Docteur; et, si vous faisiez plus de cas de cette idée au lieu de la laisser s'évaporer, comme au-dehors d'un flacon débouché, vous diriez que c'est un spectacle curieux que de voir et mesurer le peu de chaque connaissance que contient chaque cerveau : l'un renferme d'une Science le pied seulement, et n'en a jamais aperçu le corps; l'autre cerveau contient d'elle une main tronquée; un troisième la garde, l'adore, la tourne, la retourne en lui-même, la montre et la démontre quelquefois dans l'état précisément du fameux Torse, sans la tête, les bras et les jambes; de sorte que, tout admirable qu'elle est, sa pauvre Science n'a ni but, ni action, ni progrès, les plus nombreux sont ceux qui n'en conservent que la peau, la surface de la peau, la plus mince pellicule imaginable, et passent pour avoir le tout en eux bien complet. Ce sont là les plus fiers. Mais, quant à ceux qui, de chaque chose dont ils parleraient, posséderaient le tout, intérieur et extérieur, corps et âme, ensemble et détail, ayant tout cela également présent à la pensée pour en faire usage sur-le-champ, comme un ouvrier de tous ses outils, lorsque vous les rencontrerez, vous me ferez plaisir de me donner leur carte de visite, afin que je passe chez eux leur rendre mes devoirs très humbles. Depuis que je voyage, étudiant les sommités intellectuelles de tous les pays, je n'ai pas trouvé l'espèce que je viens de vous décrire.

« Moi-même, monsieur, je vous avoue que je suis fort éloigné de savoir si complètement ce que je dis, mais je le sais toujours plus complètement que ceux à qui je parle ne me comprennent et même ne m'écoutent. Et remarquez, s'il vous plaît, que la pauvre humanité a cela d'excellent que la médiocrité des masses exige fort peu des médiocrités d'un ordre supérieur, par lesquelles elle se laisse complaisamment et fort plaisamment instruire.

« Ainsi, monsieur, nous raisonnions sur Chatterton; j'allais vous faire, avec une grande assurance, une dissertation scientifique sur le vieil anglais, sur son mélange de saxon et de normand, sur ses *e* muets, ses *y*, et la richesse de ses rimes, en *aie* et en *ynge*. J'allais pousser des gémissements pleins de gravité, d'importance et de méthode, sur la perte irréparable des vieux mots si naïfs et si expressifs de *emburled* au lieu de *armed*, de *deslavatie* pour *unfaithfulness*, de *acrool* pour *faintly;* et des mots harmonieux de *myndbruche* pour *firmness of mind*, *mysterk* pour *mystic*, *ystorven* pour *dead*. Certainement, traduisant si facilement l'anglais de 1449 en anglais de 1832, il n'y a pas une chaire de bois de sapin tachée d'encre d'où je ne me fusse montré très imposant à vos yeux. Dans ce fauteuil même, malgré sa propreté, j'aurais pu encore vous jeter dans un de ces agréables étonnements qui font que l'on se dit : *C'est un puits de Science*, lorsque je me suis aperçu fort à propos que vous connaissiez votre Chatterton, ce qui n'arrive pas souvent à Londres (ville où l'on voit pourtant beaucoup d'Anglais, me disait un voyageur très considéré à Paris); me voici donc retombé dans l'état fâcheux d'un homme forcé de causer au lieu de prêcher, et par-ci par-là d'écouter! Ecouter! ô la triste et inusitée condition pour un Docteur! »

Stello sourit pour la première fois depuis bien longtemps.

« Je ne suis pas fatigant à écouter, dit-il lentement; je suis trop vite fatigué de parler...

— Fâcheuse disposition, interrompit l'autre, en la bonne ville de Paris, où celui-là est déclaré éloquent qui, le dos à la cheminée ou les mains sur la tribune, dévide pour une heure et demie des syllabes sonores, à la condition toutefois qu'elles ne signifient rien qui n'ait été lu ou entendu quelque part.

— Oui, continua Stello les yeux attachés au plafond comme un homme qui se souvient, et dont le souvenir devient plus clair et plus pur de moment en moment; oui, je me sens ému à la mémoire de ces œuvres naïves et puissantes que créa le génie primitif et méconnu de *Chatterton, mort à dix-huit ans!* Cela ne devrait faire qu'un nom, comme *Charlemagne*, tant cela est beau, étrange, unique et grand.

« O triste, ô douloureux, ô profond et noir Docteur! si vous pouvez vous émouvoir, ne sera-ce pas en vous rappelant le début simple et antique de la *Bataille d'Hastings?* Avoir ainsi dépouillé l'homme moderne! S'être fait par sa propre puissance moine du dixième siècle! un moine bien pieux et bien sauvage, un vieux Saxon révolté contre son joug normand, qui ne connaît que deux puissances au monde, le Christ et la Mer. A elles il adresse son poème, et s'écrie :

« O Christ, quelle douleur pour moi que de dire com-
« bien de nobles comtes et de valeureux chevaliers sont
« bravement tombés en combattant pour le roi Harold
« dans la plaine d'Hastings!

« O mer! mer féconde et bienfaisante! comment, avec
« ton intelligence puissante, n'as-tu pas soulevé le flux
« de tes eaux contre les chevaliers du duc Wylliam? »

— Oh! que ce duc Guillaume leur a fait d'impression!

interrompit le Docteur. Saint-Valéry est un joli petit port de mer, sale et embourbé; j'y ai vu de jolis bocages verdoyants, dignes des bergers du Lignon; j'ai vu de petites maisons blanches, mais pas une pierre où il soit écrit : *Guillaume est parti d'ici pour Hastings.*

« De ce duc Wylliam, continua Stello en déclamant pompeusement, dont les lâches flèches ont tué tant de « comtes et arrosé les champs d'une large pluie de sang. »

— C'est un peu bien homérique, grommela le Docteur.

Πολλὰς δ' ἰφθίμους ψυχὰς ''Αϊδι ωροΐαψεν.

Autrement :

The souls of many chiefs untimely slain.

— Que le jeune Harold est donc beau dans sa force et sa rudesse! continuait l'enthousiasme de Stello. « *Kynge Harolde hie in ayre majestic raysd*, etc. » Guillaume le voit et s'avance en chantant l'air de Roland...

— Très exact! très historique! murmurait sourdement la Science du Docteur; car Malmesbury dit positivement que Guillaume commença l'engagement par le chant de Roland :

« *Tunc cantilena Rolandi inchoata, ut martium viri exemplum pugnatores accenderet.* »

« Et Warton, dans ses *Dissertations*, dit que les Huns chargeaient en criant : *Hiu ! hiu !* C'était l'usage barbare.

« Et maistre Robert de Wace, donc, que l'on a nommé Gace, Gape, Eustache et Wistace, ne dit-il pas de Taillefer le Normand :

Taillefer, qui moult bien chantout,
Sorr un cheval qui tost allout,
Devant le duc allout chantant,
De Karlemagne et de Rollant,
Et d'Olivier et des vassals
Qui morurent en Rouncevals.

— Et les deux races se mesurent, disait Stello avec ardeur, en même temps que le Docteur récitait avec lenteur et satisfaction ses citations; la flèche normande heurte la cotte de mailles saxonne. C'est le sire de *Châtillon* qui attaque le *earl Aldhelme;* le sire *de Torcy* tue *Hengist*. La France inonde la vieille île saxonne; la face de l'île est renouvelée, sa langue changée; et il ne reste que dans quelques vieux couvents quelques vieux moines, comme Turgot et, depuis, Rowley, pour gémir et prier auprès des statues de pierre des saints rois saxons, qui portent chacun une petite église dans leur main.

— Et quelle érudition! s'écria le Docteur. Il a fallu joindre les lectures françaises aux traditions saxonnes. Que d'historiens depuis Hue de Longueville jusqu'au sire de Saint-Valéry! Le vidame de Patay, le seigneur de Picquigny, Guillaume des Moulins, que Stowe appelle *Moulinous*, et le prétendu Rowley, *du Mouline*; et le bon sire de Sanceaulx, et le vaillant sénéchal de Torcy, et le sire de Tancarville, et tous nos vieux faiseurs de chroniques et d'histoires mal rimées, balladées et versiculées! C'est le monde d'Ivanhoe.

— Ah! soupirait Stello, qu'il est rare qu'une si simple et si magnifique création que celle de la *Bataille d'Hastings* vienne du même poète anglais que ces chants élégiaques qui la suivent; quel poète anglais écrivit rien de semblable à cette ballade de Charité si naïvement intitulée : *An excelente balade of Charitie ?* comme l'honnête *Francisco de Leefdael* imprimait la *famosa comedia de Lope de Vega Carpio;* rien de naïf comme le dialogue de l'abbé de Saint-Godwyn et de son pauvre; que le début est simple et beau! que j'ai toujours aimé cette tempête qui saisit la mer dans son calme! quelles couleurs nettes et justes! quel large tableau, tel que depuis l'Angleterre n'en a pas eu de meilleurs en ses poétiques galeries!

« Voyez :

« C'était le mois de la Vierge. Le soleil était rayon-
« nant au milieu du jour, l'air calme et mort, le ciel tout
« bleu. Et voilà qu'il se leva sur la mer un amas de nuages
« d'une couleur noire, qui s'avancèrent dans un ordre
« effrayant et se roulèrent au-dessus des bois en cachant
« le front éclatant du soleil. La noire tempête s'enflait
« et s'étendait à tire d'aile... »

« Et n'aimez-vous pas (qui ne l'aimerait ?) à remplir vos oreilles de cette sauvage harmonie des vieux vers ?

The sun was glemeing in the midde of daie,
Deadde still the aire, and eke the welken blue,
When from the sea arist in drear arraie
A hepe of cloudes of sable sullen hue,
The which full fast unto the woodlande drewe
Hiltring attenes the sunnis fetyve face,
And the blacke tempeste swolne and gatherd up apace.

Le Docteur n'écoutait pas.

« Je soupçonne fort, dit-il, cet abbé de Saint-Godwyn de n'être autre chose que *sir Ralph de Bellomont*, grand partisan des Lancastre, et il est visible que Rowley est yorkiste.

— O damné commentateur! vous m'éveillez! s'écria Stello sorti des délices de son rêve poétique.

— C'était bien mon intention, dit le Docteur Noir, afin qu'il me fût permis de passer du livre à l'homme, et de quitter la nomenclature de ses ouvrages pour celle de ses événements, qui furent très peu compliqués, mais qui valent la peine que j'en achève le récit.

— Récitez donc », dit Stello avec humeur.

Et il se ferma les yeux avec les deux mains, comme ayant pris la ferme résolution de penser à autre chose, résolution qu'il ne put mettre à exécution, comme on le pourra voir si l'on se condamne à lire le chapitre suivant.

XVII

SUITE DE L'HISTOIRE DE KITTY BELL

UN BIENFAITEUR

Je disais donc, reprit le plus glacé des docteurs, que Kitty m'avait regardé languissamment. Ce regard douloureux peignait si bien la situation de son âme, que je dus me contenter de sa céleste expression pour explication générale et complète de tout ce que je voulais savoir de cette situation mystérieuse que j'avais tant cherché à deviner. La démonstration en fut plus claire encore un moment après; car tandis que je travaillais les nerfs de mon visage pour leur donner, les tirant en long et en large, cet air de commisération sentimentale que chacun aime à trouver dans son semblable...

« Il se croit le semblable de la belle Kitty! » murmura Stello.

— ... Tandis que j'apitoyais mon visage, on entendit rouler avec fracas un carrosse lourd et doré qui s'arrêta devant la boutique toute vitrée où Kitty était éternellement renfermée, comme un fruit rare dans une serre chaude. Les laquais portaient des torches devant les chevaux et derrière la voiture; nécessaire précaution, car il était deux heures après midi à l'horloge de Saint-Paul.

« *The Lord-Mayor! Lord-Mayor!* » s'écria tout à coup Kitty en frappant ses mains l'une contre l'autre avec une joie qui fit devenir ses joues enflammées et ses yeux brillants de mille douces lumières; et, par un instinct maternel inexplicable, elle courut embrasser ses enfants, elle qui avait une joie d'amante! — Les femmes ont des mouvements inspirés on ne sait d'où.

C'était, en effet, le carrosse du Lord-Maire, le très honorable M. Beckford, *roi de Londres*, élu parmi les soixante-douze corporations des marchands et artisans de la ville, qui ont à leur tête les douze corps des orfèvres, poissonniers, tanneurs, etc., dont il est le chef suprême. Vous savez que jadis le Lord-Maire était si puissant qu'il alarmait les rois et se mettait à la tête de toutes les révolutions, comme Froissart le dit en parlant des *Londriens* ou *vilains de Londres*. M. Beckford n'était nullement révolutionnaire en 1770; il ne faisait nullement trembler le Roi; mais c'était un digne *gentleman*, exerçant sa juridiction avec gravité et politesse, ayant son palais et ses grands dîners, où quelquefois le Roi était invité, et où le Lord-Maire buvait prodigieusement, sans perdre un instant son admirable sang-froid. Tous les soirs, après dîner, il se levait de table le premier, vers huit heures, allait lui-même ouvrir la grande porte de la salle à manger aux femmes qu'il avait reçues, ensuite se rasseyait avec tous les hommes, et demeurait à boire jusqu'à minuit. Tous les vins du globe circulaient autour de la table et passaient de main en main, emplissant pour une seconde des verres de toutes les dimensions, que M. Beckford vidait le premier avec une égale indifférence. Il parlait des affaires publiques avec le vieux lord Chatham, le duc de Grafton, le comte de Mansfield, aussi à son aise après la trentième bouteille qu'avant la première, et son esprit, strict, droit, bref, sec et lourd ne subissait aucune altération dans la soirée. Il se défendait avec bon sens et modération des satiriques accusations de Junius, ce redoutable inconnu qui eut le courage ou la faiblesse de laisser éternellement anonyme un des livres les plus mordants de la langue anglaise, comme fut laissé le second Evangile, l'*Imitation de Jésus-Christ*.

— Et que m'importent à moi les trois ou quatre syllabes d'un nom ? soupira Stello. Le Laocoon et la Vénus de Milo sont anonymes, et leurs statuaires ont cru leurs noms immortels en cognant leurs blocs avec un petit marteau. Le nom d'Homère, ce nom de demi-dieu, vient d'être rayé du monde par un monsieur grec! Gloire, rêve d'une ombre! a dit Pindare, s'il a existé, car on n'est sûr de personne à présent.

— Je suis sûr de M. Beckford, reprit le Docteur; car j'ai vu, dis-je, sa grosse et rouge personne en ce jour-là, que je n'oublierai jamais. Le brave homme était d'une haute taille, avait le nez gros et rouge tombant sur un menton rouge et gros. Il a existé, celui-là! personne n'a existé plus fort que lui! Il avait un ventre paresseux, dédaigneux et gourmand, longuement emmailloté dans une veste de brocart d'or; des joues orgueilleuses, satisfaites, opulentes, paternelles, pendant largement sur la cravate; des jambes solides, monumentales et goutteuses, qui le portaient noblement d'un pas prudent, mais ferme et honorable, et une queue poudrée, enfermée dans une grande bourse qui couvrait ses rondes et larges épaules, dignes de porter, comme un monde, la charge de *Lord-Mayor*.

Tout cet homme descendit de voiture lentement et péniblement.

Tandis qu'il descendait, Kitty Bell me dit, en huit mots anglais, que M. Chatterton n'avait été si désespéré que parce que cet homme, son dernier espoir, n'était pas venu, malgré sa promesse.

— Tout cela en huit mots! dit Stello; *la belle langue que la langue turque!*

— Elle ajouta en quatre mots (et pas un de plus), continua le Docteur, qu'elle ne doutait pas que M. Chatterton ne revînt avec le Lord-Maire.

En effet, tandis que deux laquais tenaient de chaque côté du marchepied une grosse torche résineuse, qui ajoutait au charme du brouillard ceux d'une vapeur noire et d'une détestable odeur, et que M. Beckford faisait son entrée dans la boutique, l'ombre de tous les jours, l'ombre pâle, aux yeux bruns, se glissa le long des vitres et entra à sa suite. Je vis et contemplai avidement Chatterton.

Oui, dix-huit ans; tout au plus dix-huit! Des cheveux bruns tombant sans poudre sur les oreilles, le profil d'un jeune Lacédémonien, un front haut et large, des yeux noirs très grands, fixes, creux et perçants, un menton relevé sous des lèvres épaisses, auxquelles le sourire ne semblait pas avoir été possible. Il s'avança d'un pas régulier, le chapeau sous le bras, et attacha ses yeux de flamme sur la figure de Kitty; elle cacha sa belle tête dans ses deux mains. Le costume de Chatterton était entièrement noir de la tête aux pieds; son habit, serré et boutonné jusqu'à la cravate, lui donnait tout ensemble l'air militaire et ecclésiastique. Il me sembla parfaitement fait et d'une taille élancée. Les deux petits enfants coururent se pendre à ses mains et à ses jambes, comme accoutumés à sa bonté. Il s'avança, en jouant avec leurs cheveux, sans les regarder. Il salua gravement M. Beckford, qui lui tendit la main et la lui secoua vigoureusement, de manière à arracher le bras avec l'omoplate. Ils se toisèrent tous deux avec surprise.

Kitty Bell dit à Chatterton, du fond de son comptoir et d'une voix toute timide, qu'elle n'espérait plus le voir. Il ne répondit pas, soit qu'il n'eût pas entendu, soit qu'il ne voulût pas entendre.

Quelques personnes, femmes et hommes, étaient entrées dans la boutique, mangeaient et causaient indifféremment. Elles se rapprochèrent ensuite et firent cercle, lorsque M. Beckford prit la parole avec l'accent rude des gros hommes rouges et le ton fulminant d'un protecteur. Les voix se turent par degrés et, comme vous dites entre Poètes, les éléments semblèrent attentifs, et même le feu jeta partout des lueurs éclatantes qui sortaient des lampes allumées par Kitty Bell, heureuse jusqu'aux larmes de voir pour la première fois un homme puissant tendre la main à Chatterton. On n'entendait plus que le bruit que faisaient les dents de quelques petites Anglaises fourrées, qui sortaient timidement leurs mains de leurs manchons pour prendre sur le comptoir des macarons, des *cracknels* et des *plumbuns* qu'elles croquaient.

M. Beckford dit donc à peu près ceci :

« Je ne suis pas Lord-Maire pour rien, mon enfant; je sais bien ce que c'est que les pauvres jeunes gens, mon garçon. Vous êtes venu m'apporter vos vers hier, et je vous les rapporte aujourd'hui, mon fils; les voilà. J'espère que je suis prompt, hein ? Et je viens moi-même voir comment vous êtes logé et vous faire une petite proposition qui ne vous déplaira pas. Commencez par me reprendre tout cela. »

Ici l'honorable M. Beckford prit des mains d'un laquais plusieurs manuscrits de Chatterton, et les lui remit en s'asseyant lourdement et s'étalant avec ampleur. Chatterton prit ses parchemins et ses papiers avec gravité et les mit sous son bras, regardant le gros Lord-Maire avec ses yeux de feu.

« Il n'y a personne, continua le généreux M. Beckford, à qui il ne soit arrivé, comme à vous, de vérailler dans sa jeunesse. Eh! eh! — cela plaît aux jolies femmes. — Eh! eh! c'est de votre âge, mon beau garçon. — Les *young Ladies* aiment cela. — N'est-il pas vrai, la belle ?... »

Et il allongea le bras pour toucher le menton de Kitty Bell par-dessus le comptoir. Kitty se rejeta jusqu'au fond de son fauteuil et regarda Chatterton avec épouvante, comme si elle se fût attendue à une explosion de colère de sa part; car vous savez ce que l'on a écrit du caractère de ce jeune homme :

He was violent and impetuous to a strange degree.

« J'ai fait comme vous dans mon printemps, dit fièrement le gros M. Beckford, et jamais Lyttleton, Swift et Wilkes n'ont écrit pour les belles dames des vers plus galants et plus badins que les miens. Mais j'avais la raison assez avancée, même à votre âge, pour ne donner aux Muses que le temps perdu; et mon été n'était pas encore venu que j'étais déjà tout aux affaires : mon automne les a vues mûrir dans mes mains et mon hiver en recueille aujourd'hui les fruits savoureux. »

Ici l'élégant M. Beckford ne put s'empêcher de regarder autour de lui, pour lire dans les yeux des personnes qui l'entouraient la satisfaction excitée par la facilité de son élocution et la fraîcheur de ses images.

Les affaires mûrissant dans l'automne de sa vie parurent faire, sur deux ministres, un Quaker noir et un Lord rouge, qui se trouvaient là, une impression aussi profonde que celle que produisent à notre tribune de l'an 1832 les discours des bons petits vieux généraux *del signor Buonaparte*, lorsqu'ils nous demandent, en phrases de collège et d'*humanités*, nos enfants et nos petits-enfants pour en faire de grands corps d'armée, et pour nous montrer comment, parce qu'on s'est occupé durant dix-sept ans du débit des vins et de la tenue des livres, on saurait bien encore perdre sa petite bataille comme on faisait en l'absence du grand maître.

L'honnête M. Beckford, ayant ainsi séduit les assistants par sa bonhomie mêlée de dignité et de bonne façon, poursuivit sur un ton plus grave :

« J'ai parlé de vous, mon ami, et je veux vous tirer d'où vous êtes. On ne s'est jamais adressé en vain au Lord-Maire depuis un an; je sais que vous n'avez rien pu faire au monde que vos maudits vers, qui sont d'un anglais inintelligible, et qui, en supposant qu'on les comprît, ne sont pas très beaux. Je suis franc, moi, et je vous parle en père, voyez-vous; — et quand même ils seraient très beaux, — à quoi bon ? je vous le demande, à quoi bon ? »

Chatterton ne bougeait non plus qu'une statue. Le silence des sept ou huit assistants était profond et discret : mais il y avait dans leurs regards une approbation marquée de la conclusion du Lord-Maire, et ils se disaient du sourire : A quoi bon ?

Le bienfaisant visiteur continua :

« Un bon Anglais qui veut être utile à son pays doit

prendre une carrière qui le mette dans une ligne honnête et profitable. Voyons, mon enfant, répondez-moi. — Quelle idée vous faites-vous de vos devoirs ? »

Et il se renversa de façon doctorale.

J'entendis la voix creuse et douce de Chatterton qui fit cette singulière réponse en saccadant ses paroles et s'arrêtant à chaque phrase :

« L'Angleterre est un vaisseau : notre île en a la forme; la proue tournée au nord, elle est comme à l'ancre au milieu des mers, surveillant le continent. Sans cesse elle tire de ses flancs d'autres vaisseaux faits à son image et qui vont la représenter sur toutes les côtes du monde. Mais c'est à bord du grand Navire qu'est notre ouvrage à tous. Le Roi, les Lords et les Communes sont au pavillon, au gouvernail et à la boussole; nous autres, nous devons tous avoir la main aux cordages, monter aux mâts, tendre les voiles et charger les canons; nous sommes tous de l'équipage, et nul n'est inutile dans la manœuvre de notre glorieux Navire. »

Cela fit sensation. On s'approcha sans trop comprendre et sans savoir si l'on devait se moquer ou applaudir, situation accoutumée du vulgaire.

« *Well, very well!* cria le gros Beckford, c'est bien, mon enfant! c'est noblement représenter notre bienheureuse patrie! *Rule Britannia!* chanta-t-il en fredonnant l'air national. Mais, mon garçon, je vous prends par vos paroles. Que diable peut faire le Poète dans la manœuvre ? »

Chatterton resta dans sa première immobilité : c'était celle d'un homme absorbé par un travail intérieur qui ne cesse jamais et qui lui fait voir des ombres sur ses pas. Il leva seulement les yeux au plafond, et dit :

« Le Poète cherche aux étoiles quelle route nous montre le doigt du Seigneur. »

Je me levai et courus malgré moi lui serrer la main. Je me sentais du penchant pour cette jeune tête montée, exaltée, et en extase comme est toujours la vôtre. Le Beckford eut de l'humeur.

« Imagination! » dit-il...

— Imaginations! Célestes vérités!

pouviez-vous répondre, dit Stello.

— Je sais mon *Polyeucte* comme vous, reprit le Docteur, mais je n'y songeais guère en ce moment.

« Imagination! dit M. Beckford, toujours l'imagination au lieu du bon sens et du jugement! Pour être Poète à la façon lyrique et somnambule dont vous l'êtes, il faudrait vivre sous le ciel de Grèce, marcher avec des sandales, une chlamyde et les jambes nues, et faire danser les pierres avec le psaltérion. Mais avec des bottes crottées, un chapeau à trois cornes, un habit et une veste, il ne faut guère espérer se faire suivre dans les rues par le moindre caillou, et exercer le plus petit pontificat ou la plus légère direction morale sur ses concitoyens.

« La Poésie est à nos yeux une étude de style assez intéressante à observer, et faite quelquefois par des gens d'esprit; mais qui la prend au sérieux? quelque sot! Outre cela, j'ai retenu ceci de Ben Jonson, et je vous le donne comme certain, savoir : que la plus belle Muse du monde ne peut suffire à nourrir son homme, et qu'il faut avoir ces demoiselles-là pour maîtresses, mais jamais pour femmes. Vous avez essayé de tout ce que vous pouvait donner la vôtre; quittez-la, mon garçon; croyez-moi, mon petit ami. D'un autre côté, nous vous avons essayé dans des emplois de finance et d'administration, où vous ne valez rien. Lisez ceci; acceptez l'offre que je vous fais, et vous vous en trouverez bien, avec de bons compagnons autour de vous. Lisez ceci, et réfléchissez mûrement; cela en vaut la peine. »

Ici, remettant un petit billet à ce sauvage enfant, le Lord-Maire se leva majestueusement.

« C'est, dit-il en se retirant au milieu des saluts et des hommages, c'est qu'il s'agit de cent livres sterling par an. »

Kitty Bell se leva, et salua comme si elle eût été prête à lui baiser la main à genoux. Toute l'assistance suivit jusqu'à la porte le digne magistrat qui souriait et se retournait, prêt à sortir avec l'air bénin d'un évêque qui va confirmer des petites filles. Il s'attendait à se voir suivi de Chatterton, mais il n'eut que le temps d'apercevoir le mouvement violent de son protégé. — Chatterton avait jeté les yeux sur le billet; tout à coup il prit ses manuscrits, les lança sur le feu de charbon de terre qui brûlait dans la cheminée, à la hauteur des genoux, comme une grande fournaise, et disparut de la chambre.

M. Beckford sourit avec satisfaction et, saluant de la portière de sa voiture : « Je vois avec plaisir, cria-t-il, que je l'ai corrigé; il renonce à sa Poésie. » Et ses chevaux partirent.

« C'est à la vie, me dis-je, qu'il renonce. » — Je me

sentis serrer la main avec une force surnaturelle. C'était Kitty Bell qui, les yeux baissés et n'ayant l'air, aux yeux de tous, que de passer près de moi, m'entraînait vers une petite porte vitrée, au fond de la boutique, porte que Chatterton avait ouverte pour sortir.

On parlait bruyamment de la bienfaisance du Lord-Maire; on allait, on venait. On ne la vit pas. Je la suivis.

XVIII

UN ESCALIER

Saint Socrate, *priez pour nous !* disait Erasme le savant. J'ai fait souventes fois cette prière en ma vie, continua le Docteur, mais jamais si ardemment, vous m'en pouvez croire, qu'au moment où je me trouvai seul avec cette jeune femme dont j'entendais à peine le langage, qui ne comprenait pas le mien, et dont la situation n'était pas claire à mes yeux plus que sa parole à mes oreilles.

Elle ferma vite la petite porte par laquelle nous étions arrivés au bas d'un long escalier, et là elle s'arrêta tout court, comme si les jambes lui eussent manqué au moment de monter. Elle se retint un instant à la rampe; ensuite elle se laissa aller assise sur les marches, et quittant sa main qui la voulait retenir, me fit signe de passer seul.

« *Vite! vite! allez!* » me dit-elle en français, à ma grande surprise; je vis que la crainte de parler mal avait, jusqu'alors, arrêté cette timide personne.

Elle était glacée d'effroi; les veines de son front étaient gonflées, ses yeux étaient ouverts démesurément; elle frissonnait et essayait en vain de se lever; ses genoux se choquaient. C'était une autre femme que sa frayeur me découvrait. Elle tendait sa belle tête en haut pour écouter ce qui arrivait, et paraissait sentir une horreur secrète qui l'attachait à la place où elle était tombée. J'en frémis moi-même, et la quittai brusquement pour monter. Je ne savais vraiment où j'allais, mais j'allais comme une balle qu'on a lancée violemment.

« Hélas! me disais-je en gravissant au hasard l'étroit escalier, hélas! quel sera l'Esprit révélateur qui daignera jamais descendre du ciel pour apprendre aux sages à quels signes ils peuvent deviner les vrais sentiments d'une femme quelconque pour l'homme qui la domine secrètement ? Au premier abord, on sent bien quelle est la puissance qui pèse sur son âme, mais qui devinera jamais jusqu'à quel degré cette femme est possédée ? Qui osera interpréter hardiment ses actions et qui pourra, dès le premier coup d'œil, savoir le secours qu'il convient d'apporter à ses douleurs ? Chère Kitty! me disais-je (car en ce moment je me sentais pour elle l'amour qu'avait pour Phèdre sa nourrice, son excellente nourrice, dont le sein frémissait des passions dévorantes de la fille qu'elle avait allaitée), chère Kitty! pensais-je, que ne m'avez-vous dit : *Il est mon amant?* J'aurais pu nouer avec lui une utile et conciliante amitié; j'aurais pu parvenir à sonder les plaies inconnues de son cœur; j'aurais... Mais ne sais-je pas que les sophismes et les arguments sont inutiles où le regard d'une femme aimée n'a pas réussi ? Mais comment l'aime-t-elle ? Est-elle plus à lui qu'il n'est à elle ? N'est-ce pas le contraire ? Où en suis-je ? Et même je pourrais dire : Où suis-je ? »

En effet, j'étais au dernier étage de l'escalier assez négligemment éclairé, et je ne savais de quel côté tourner, lorsqu'une porte d'appartement s'ouvrit brusquement. Mon regard plongea dans une petite chambre dont le parquet était entièrement couvert de papiers déchirés en mille pièces. J'avoue que la quantité en était telle, les morceaux en étaient si petits, cela supposait la destruction d'un si énorme travail, que j'y attachai longtemps les yeux avant de les reposer sur Chatterton, qui m'ouvrait la porte.

Lorsque je le regardai, je le pris vite dans mes bras par le milieu du corps; et il était temps, car il allait tomber et se balançait comme un mât coupé par le pied. — Il était devant sa porte; je l'appuyai contre cette porte, et je le retins ainsi debout, comme on soutiendrait une momie dans sa boîte. — Vous eussiez été épouvanté de cette figure. — La douce expression du sommeil était paisiblement étendue sur ses traits; mais c'était l'expression d'un sommeil de mille ans, d'un sommeil sans rêve, où le cœur ne bat plus, d'un sommeil imposé par l'excès du mal. Les yeux étaient encore entrouverts, mais flottants au point de ne pouvoir saisir aucun objet pour s'y arrêter; la bouche était béante et la respiration forte, égale et lente, soulevant la poitrine comme dans un cauchemar.

Il secoua la tête, et sourit un moment comme pour me faire entendre qu'il était inutile de m'occuper de lui. — Comme je le soutenais toujours très ferme par les épaules, il poussa du pied une petite fiole qui roula jusqu'au bas de l'escalier, sans doute jusqu'aux dernières marches où Kitty s'était assise, car j'entendis jeter un cri et monter en tremblant. — Il la devina. — Il me fit signe de l'éloigner, et s'endormit debout sur mon épaule, comme un homme pris de vin.

Je me penchai, sans le quitter, au bord de l'escalier. J'étais saisi d'un effroi qui me faisait dresser les cheveux sur la tête. J'avais l'air d'un assassin.

J'aperçus la jeune femme qui se traînait pour monter les degrés en s'accrochant à la rampe, comme n'ayant gardé de force que dans les mains pour se hisser jusqu'à nous. Heureusement elle avait encore deux étages à gravir avant de le rencontrer.

Je fis un mouvement pour porter dans la chambre mon terrible fardeau. Chatterton s'éveilla encore à demi — il fallait que ce jeune homme eût une force prodigieuse, car il avait bu soixante grains d'opium. — Il s'éveilla encore à demi, et employa, le croiriez-vous ? — employa le dernier souffle de sa voix à me dire ceci :

« Monsieur... *you*... médecin... achetez-moi mon corps, et payez ma dette. »

Je lui serrai les deux mains pour consentir. — Alors il n'eut plus qu'un mouvement. Ce fut le dernier. Malgré moi, il s'élança vers l'escalier, s'y jeta sur les deux genoux, tendit les bras vers Kitty, poussa un long cri et tomba mort, le front en avant.

Je lui soulevai la tête. « Il n'y a rien à faire, me dis-je. — A l'autre. »

J'eus le temps d'arrêter la pauvre Kitty; mais elle avait vu. Je lui pris le bras, et la forçai de s'asseoir sur les marches de l'escalier. Elle obéit, et resta accroupie comme une folle, avec les yeux ouverts. Elle tremblait de tout le corps.

Je ne sais, monsieur, si vous avez le secret de faire des phrases dans ces cas-là; pour moi, qui passe ma vie à contempler ces scènes de deuil, j'y suis muet.

Pendant qu'elle voyait devant elle fixement et sans pleurer, je retournais dans mes mains la fiole qu'elle avait apportée dans la sienne; elle alors, la regardant de travers, semblait dire, comme Juliette : « L'ingrat! avoir tout bu! ne pas me laisser une goutte amie! »

Nous restions ainsi l'un à côté de l'autre, assis et pétrifiés : l'un consterné, l'autre frappée à mort; aucun n'osant souffler le mot, et ne le pouvant.

Tout d'un coup une voix sonore, rude et pleine, cria d'en bas :

« *Come, mistress Bell !* »

A cet appel, Kitty se leva comme mue par un ressort; c'était la voix de son mari. Le tonnerre eût été moins fort d'éclat et ne lui eût pas causé, même en tombant, une plus violente et plus électrique commotion. Tout le sang se porta aux joues; elle baissa les yeux et resta un instant debout pour se remettre.

« *Come, mistress Bell !* » répéta la terrible voix.

Ce second coup la mit en marche, comme l'autre l'avait mise sur ses pieds. Elle descendit avec lenteur, droite, docile, avec l'air insensible, sourd et aveugle d'une ombre qui revient. Je la soutins jusqu'en bas; elle rentra dans sa boutique, se plaça les yeux baissés à son comptoir, tira une petite Bible de sa poche, l'ouvrit, commença une page, et resta sans connaissance, évanouie dans son fauteuil.

Son mari se mit à gronder, des femmes à l'entourer, les enfants à crier, les chiens à aboyer.

— Et vous! s'écria Stello en se levant avec chagrin.

— Moi ? je donnai à M. Bell trois guinées, qu'il reçut avec plaisir et sang-froid en les comptant bien.

— C'est, lui dis-je, le loyer de la chambre de M. Chatterton, qui est mort.

— Oh! dit-il avec l'air satisfait.

— Le corps est à moi, dis-je; je le ferai prendre.

— Oh! me dit-il avec un air de consentement. »

Il était bien à moi, car cet étonnant Chatterton avait eu le sang-froid de laisser sur sa table un billet qui portait à peu près ceci :

« Je vends mon corps au Docteur [le nom en blanc], à la condition de payer à M. Bell six mois de loyer de ma chambre, montant à la somme de trois guinées. Je désire qu'il ne reproche pas à ses enfants les gâteaux qu'ils m'apportaient chaque jour et qui, depuis un mois, ont seuls soutenu ma vie. »

Ici le Docteur se laissa couler dans la bergère sur laquelle il était placé, et s'y enfonça jusqu'à ce qu'il se trouvât assis sur le dos et même sur les épaules.

« Là! — dit-il avec un air de satisfaction et de soulagement, comme ayant fini son histoire.

— Mais Kitty Bell ? Kitty, que devint-elle ? dit Stello, en cherchant à lire dans les yeux froids du Docteur Noir.

— Ma foi, dit celui-ci, si ce n'est la douleur, le calomel des médecins anglais dut lui faire bien du mal... car, n'ayant pas été appelé, je vins quelques jours après visiter les gâteaux de sa boutique. Il y avait là ses deux beaux enfants qui jouaient et chantaient en habit noir. Je m'en allai en frappant la porte de manière à la briser.

— Et le corps du Poète ?

— Rien n'y toucha que le linceul et la bière. Rassurez-vous.

— Et ses poèmes ?

— Il fallut dix-huit mois de patience pour réunir, coller et traduire les morceaux des manuscrits qu'il avait déchirés dans sa fureur. Quant à ceux que le charbon de terre avait brûlés, c'était la fin de la *Bataille d'Hastings*, dont on n'a que deux chants.

— Vous m'avez écrasé la poitrine avec cette histoire », dit Stello en retombant assis.

Tous deux restèrent en face l'un de l'autre pendant trois heures quarante-quatre minutes, tristes et silencieux comme Job et ses amis. Après quoi Stello s'écria comme en continuant :

« Mais que lui offrait donc M. Beckford dans son petit billet ?

— Ah! à propos, dit le Docteur Noir, comme en s'éveillant en sursaut...

« C'était une place de premier valet de chambre chez lui. »

QUITTE POUR LA PEUR

NOTICE

Quitte pour la peur dérouta le public de 1833. Si justice lui est maintenant rendue, ce marivaudage surprend encore dans l'œuvre de Vigny, moins par son audace que par son apparente légèreté.

On sait dans quelles circonstances la pièce fut écrite. Depuis l'automne 1831, Vigny est l'amant de Mme Dorval. Cette actrice, qui devait allumer au théâtre tous les feux du romantisme, triomphe déjà sur les scènes du Boulevard. Mais ces succès mêmes, d'un aloi souvent douteux, menacent de la condamner à une carrière médiocre. On reconnaît, sans doute, l'extraordinaire sensibilité de son jeu, son génie des larmes, sa force pathétique. Mais l'émotion qu'elle provoque n'est pas filtrée par l'élégance de la diction. Son accent est provincial, sinon poissard. Souvent sublime, elle peut décevoir aussi parce qu'elle joue d'instinct, sans grand souci de dignité et moins encore d'académisme. Avide de célébrité, enfin, et toujours pressée d'argent, elle accepte tous les rôles, même les pires. Certains l'admirent comme la première tragédienne du siècle; beaucoup la jugent incapable de jouer les duchesses.

Vigny tente d'épurer ce génie fulgurant et inégal. « Travaille ta belle nature, lui écrit-il; tes ennemis sont la gaieté bruyante et la colère. » Il crée donc à son intention un personnage distingué, mélancolique, tout en demi-teintes, celui de Léonora dans *la Maréchale d'Ancre*. Mais ce rôle, contre la volonté de l'auteur, revient à Mlle George. D'où ces vers adressés à Mme Dorval :

> Si des siècles mon nom perce la nuit obscure,
> Ce livre, écrit pour vous, sous votre nom vivra...

Mis en garde par cette première déconvenue, Vigny,

en mai 1833, organise une représentation au bénéfice personnel de Mme Dorval, et, pour obtenir l'audience du grand monde, il choisit la scène de l'Opéra. L'actrice doit jouer un fragment de la *Phèdre* de Pradon, ce qui peut surprendre, et un proverbe écrit pour elle : *Quitte pour la peur*.

C'est une histoire assez leste que Vigny tenait de la princesse de Béthune; F. Baldensperger en a retrouvé l'original parmi les anecdotes de Chamfort. A la cour de Louis XVI, dans un ménage où règnent l'indifférence et une parfaite liberté de mœurs, le mari apprend que sa femme est enceinte. Or, loin de punir l'épouse infidèle, il évite le scandale et sauve les apparences en passant une nuit au foyer conjugal. Après un moment d'effroi, la duchesse en est donc quitte pour la peur, et chacun retourne à ses amours.

Ce sujet fort léger, dans tous les sens du mot, offre d'abord à Mme Dorval un rôle aristocratique, et l'occasion de révéler dans son jeu la distinction qu'on lui conteste. La duchesse appartient au meilleur monde en effet, dans la société la plus raffinée qui fût. Spirituelle et vive comme son siècle, mais naïve comme un enfant, elle parcourt en quelques scènes tout l'éventail des émotions qui peuvent mettre en valeur une actrice. Elle n'en épuise aucune cependant, toujours maintenue dans un registre modéré, presque mineur, par sa discrétion native, sans doute, mais surtout par la volonté de l'auteur qui veut interdire à Mme Dorval les effets extrêmes où elle triomphait trop aisément. Ni gesticulation ni frénésie dans cette pièce, rien du pathétique que l'adultère favorise. Car le duc est trop homme du monde lui aussi pour aller jusqu'à des excès de mauvais ton; il n'est même pas jaloux. La situation qui pourrait tourner au noir est donc désamorcée dans son principe; elle ne prête qu'à rire ou plutôt à sourire. Autant que le drame, en effet, Vigny évite la comédie de caractères qui voudrait des personnages ridicules; il refuse même la comédie d'intrigue, et ne cherche pas à étoffer sa pièce en faisant rebondir les craintes de la duchesse. Reste un élégant badinage, plus touchant que celui de Marivaux, plus raisonneur que celui de Musset, un comique un peu acide dont la drôlerie est toujours gracieuse, et l'audace assez discrète pour paraître innocente.

C'était prendre le contre-pied de la mode et courir à l'échec. La représentation du 30 mai n'eut qu'un succès mitigé. Non que Mme Dorval y fût inférieure à son rôle. Mais le public, habitué aux comédies solidement charpentées de Scribe, trouva la pièce un peu mince. Elle l'est sans aucun doute; et ce menu proverbe semblait perdu sur la scène trop vaste de l'Opéra. Le sujet même choqua. Certes Antony est alors le héros du jour, et l'adultère un thème à la mode. Mais pour qu'on l'accepte et qu'on le glorifie, encore faut-il un accompagnement de fureur et de fatalité chez de grandes incomprises que la passion dévore. En présentant l'adultère comme un accord de bon sens entre deux époux, Vigny traitait les cas de conscience romantiques en simple rougeole sentimentale. On l'accusa de réveiller les turpitudes de l'autre siècle, et la critique dénonça « l'erreur d'un homme de talent ».

En 1849, au contraire, quand Rose Chéri reprend le rôle de la duchesse, on apprécie mieux dans *Quitte pour la peur* l'art des préparations qui ne pèsent pas, la vivacité aérienne du dialogue, et le dessin des personnages, simples esquisses il est vrai, mais tracées de main sûre. La duchesse, en particulier, est une figure très séduisante de femme-enfant. Non pas fantasque comme les héroïnes de Musset, mais touchante à force d'ingénuité et d'un jugement fort droit, elle est plus proche d'Agnès que de Marianne. Son ingénuité est la voix même de la nature et du cœur que les conventions oppriment.

Vigny reste moraliste alors même qu'il s'amuse. Il est vrai qu'il insiste lui-même sur la légèreté de son proverbe, « enfantillage, dit-il, sorte d'ébauche, esquisse au pastel dans le goût de Boucher ou de Watteau ». Mais il signale aussi dans sa préface que les esprits sérieux ont découvert une grave question dans cette œuvre légère.

Est-il juste en effet qu'un mari, indifférent et lui-même infidèle, ait le droit de punir l'infidélité de sa femme ? Sans amour, la jalousie est une dépravation du cœur à la fois grotesque et odieuse. Est-il juste aussi qu'un mariage imposé par les parents fasse du mari un propriétaire inconditionnel, et de la femme un simple objet possédé ? Contre nos mœurs et le code Napoléon, Vigny rejoint ici le féminisme par les voies du bon sens et de la pitié. Il annonce ce qu'il écrira une dizaine d'années plus tard : « Tout homme devrait dire à chaque femme, au lieu de bonjour, pardon! car les plus forts ont fait la loi. »

Ce n'est pourtant là qu'un aspect de la thèse, le seul que Vigny veuille avouer, une sorte de passeport pour d'autres idées plus hardies. Car cette égalité que l'auteur préconise entre époux ne leur impose pas, dans la pièce, un devoir égal d'être fidèle; elle leur accorde un droit égal à l'infidélité. *Quitte pour la peur* comporte une apologie, si discrète soit-elle, des libertés conjugales. On admettra que Vigny, amant de Mme Dorval, veuille règler sa conscience sur sa conduite, et, plus profondément, détruire par la dérision la jalousie dont il commence à souffrir. Constatons pourtant que le problème de l'adultère l'a toujours inquiété. C'est même sur ce point, d'abord, qu'il a remis en question la morale traditionnelle. Tantôt il veut montrer les tourments du séducteur, sa honte devant l'époux trahi, le désespoir d'une femme infidèle qui, chaque nuit, subit en rêve la passion du Christ; tantôt il cherche des excuses comme dans *Dolorida*, et prêche l'indulgence comme dans *la Femme adultère*, où la conduite du Christ annonce de loin celle du mari dans *Quitte pour la peur*.

Pareille insistance ne saurait aller sans conflit entre le puritanisme que l'auteur tient de son éducation et son goût naturel pour l'indépendance du cœur. Dans l'adultère, Vigny ne veut voir que l'irruption d'un amour vrai au sein d'une société qui pratique le mariage sans amour, qui impose à cette passion de multiples contraintes, qui la flétrit même d'une condamnation de principe. Il n'a jamais pardonné à la morale chrétienne de considérer l'amour, celui des corps surtout, comme une faute, et de consommer le divorce entre Eros et Psyché.

Il cherche donc une morale de remplacement, plus rigoureuse que la morale chrétienne à l'égard des forfaitures, mais qui ouvre une voie royale à l'amour simplement humain. C'est ce qu'il appelle, assez curieusement, l'honneur. Il précise, de 1832 à 1834, que cette morale, d'ailleurs intransigeante, est compatible avec certaines passions dont l'Eglise fait des péchés mortels. Il songe même à un roman sur l'honneur, dont le héros et l'héroïne prendraient de grandes libertés avec la foi conjugale. C'est à ce courant de pensée qu'il faut rattacher *Quitte pour la peur*. Le duc est homme d'honneur, en effet; c'est pourquoi il respecte la liberté de sa femme, lui accorde autant de droits qu'à lui-même, et la tire généreusement d'une situation difficile. Sans regretter l'ancienne morale qui s'effondre, il invite la duchesse à respirer avec lui « l'air embaumé du XVIIIe siècle ».

Le XVIIIe siècle, partout où Vigny le met en scène, est le paradis des amoureux; non pas celui des liaisons dangereuses et de la débauche, mais celui des cœurs purs, dont l'innocence, antérieure pour ainsi dire à la chute, n'est pas encore empoisonnée par la hantise de la faute. C'est au moins ce que le duc enseigne à sa femme pour la défaire des remords que l'éducation a mis en elle. Ni l'un ni l'autre, en tout cas, ne sont le moins du monde des roués. Ils aiment, chacun de son côté, avec autant de candeur qu'Eloa, et, dans le relâchement général des mœurs, parmi les hypocrisies sociales et les iniquités du conformisme, cet amour est la seule valeur qui se maintienne. C'est pour être fidèles au meilleur d'eux-mêmes qu'ils sont infidèles au mariage qu'on leur a imposé. A leur façon qui a toutes les grâces du XVIIIe siècle, ils réalisent l'autonomie de leur conscience; or c'est le but même que Vigny s'est toujours fixé.

Par là, les personnages de *Quitte pour la peur* sont attachants, si légère qu'en soit l'esquisse, et le proverbe, malgré sa futilité apparente, invite à la réflexion. Dans cette pièce aussi peu romantique que possible, qui peut même passer pour un refus amusé du romantisme, Vigny retrouve une des revendications les plus vives de ses contemporains, de cette George Sand, en particulier, qu'il détestait : fonder la société sur l'amour parce qu'il est le meilleur de l'homme.

F. G.

QUITTE POUR LA PEUR

COMÉDIE

Représentée à l'Opéra, le 30 mai 1833

ARGUMENT

Lorsque cette petite comédie fut composée et représentée en 1833, les esprits sérieux et élevés virent sur-le-champ qu'une question bien grave était renfermée sous cette forme légère.

— A-t-il le droit d'être un juge implacable, a-t-il le droit de vie et de mort, l'homme qui lui-même est attaché par une chaîne étrangère et qui a méconnu ou brisé la chaîne légitime ?

Il fallait, pour avoir un exemple complet, le puiser dans une époque où régnaient à la fois le rigorisme du point d'honneur et la légèreté des mœurs. Car, si l'un ordonne la vengeance, l'autre en enlève le droit à l'offensé, qui ne se sent plus assez irréprochable pour condamner.

Afin de compenser ce qui pouvait, au premier abord, sembler immodeste dans la situation et dans le langage, l'auteur n'a laissé voir ni l'amant de la jeune femme, ni la maîtresse du jeune mari.

Le mariage, seul avec lui-même, se retourne et se débat dans ses propres nœuds et non sans douleur, malgré le sourire apparent du visage et du discours.

Il fallait choisir, pour l'offensé, entre quelque cruauté grossière et basse ou un pardon dédaigneux.

L'auteur a conclu pour une miséricorde qui ne manque peut-être pas de dignité.

PERSONNAGES

LE DUC DE***, très jeune encore, très brillant. Duc et pair, ambassadeur de Louis XVI, cordon bleu.
LA DUCHESSE DE***, sa femme, naïve, enfantine, gracieuse, vive.
M. TRONCHIN, médecin, vieux et moqueur.
ROSETTE, femme de chambre de la duchesse.
UN LAQUAIS.

CES ROLES FURENT JOUÉS EN 1833 PAR M. BOCAGE
Mme DORVAL
M. PROVOST
Mlle DUPONT

SCÈNE PREMIÈRE

La scène est à Paris, dans une chambre à coucher somptueuse du temps de Louis XVI.

Des portraits de famille très grands ornent les murs. — Il est midi.

LA DUCHESSE, ROSETTE

LA DUCHESSE *(achevant de se parer pour le jour, se regardant à sa toilette et posant une mouche)*

Mais, Rosette, conçoit-on la négligence de ces médecins ?

ROSETTE

Ah! madame, cela n'a pas de nom.

LA DUCHESSE

Moi qui suis si souffrante!

ROSETTE

Madame la duchesse qui est si souffrante!

LA DUCHESSE

Moi qui n'ai jamais consenti à prendre d'autre médecin que ce bon vieux Tronchin! Le chevalier m'en a voulu longtemps.

ROSETTE

Pendant plus d'une heure.

LA DUCHESSE *(vivement)*

C'est-à-dire qu'il a voulu m'en vouloir, mais qu'il n'a pas pu.

ROSETTE

Il vient d'envoyer deux bouquets par son coureur.

LA DUCHESSE

Et il n'est pas venu lui-même! Ah! c'est joli! Moi, je vais sortir à cheval.

ROSETTE

M. Tronchin a défendu le cheval à madame.

LA DUCHESSE

Mais je suis malade, j'en ai besoin.

ROSETTE

C'est parce que madame la duchesse est malade, qu'il ne le faut pas.

LA DUCHESSE

Alors je vais écrire au chevalier pour le gronder.

ROSETTE

M. Tronchin a défendu à madame de s'appliquer et de tenir sa tête baissée.

LA DUCHESSE

Eh bien! je vais chanter; ouvrez le clavecin, mademoiselle.

ROSETTE

Mon Dieu! comment dirai-je à madame que M. Tronchin lui a défendu de chanter ?

LA DUCHESSE *(tapant du pied)*

Il faut donc que je me recouche, puisque je ne puis rien faire. — Je vais lire. Non, fais-moi la lecture. — Je vais me coucher sur le sofa; la tête me tourne, et j'étouffe. Je ne sais pourquoi...

ROSETTE *(prenant un livre)*

Voici ESTELLE de M. de Florian et les ORAISONS *célèbres* de M. de Bossuet.

LA DUCHESSE

Lis ce que tu voudras, va.

ROSETTE *(lit)*

« Némorin, à chaque aurore, allait cueillir les bleuets qu'Estelle... les bleuets qu'Estelle aimait à mêler dans les longues tresses de ses cheveux noirs. »

Elle pose le livre.

LA DUCHESSE

Qu'il est capricieux, le chevalier! Il ne veut plus que je mette de corps en fer, comme si l'on pouvait sortir sans cela. Lis toujours, va.

ROSETTE *(continue, et après avoir quitté Florian, prend Bossuet sans s'en douter)*

« Pour moi, s'il m'est permis après tous les autres de venir rendre les derniers devoirs à ce tombeau, ô prince, le digne sujet de nos louanges et de nos regrets, vous vivrez éternellement dans ma mémoire. »

LA DUCHESSE

Je ne conçois pas qu'il ne soit pas encore arrivé. Comme il était bien hier, avec ses épaulettes de diamants!

ROSETTE *(continue)*

« Heureux si, averti par ces cheveux blancs du compte que je dois rendre de mon administration, je réserve au troupeau... (Tiens, c'est drôle ça : Au troupeau!) troupeau que je dois nourrir de la parole divine, les restes d'une voix qui tombe, et... »

LA DUCHESSE

Le voilà commandeur de Malte à présent. Sans ses vœux, il se serait peut-être marié, cependant.

ROSETTE

Oh! madame! par exemple!...

LA DUCHESSE

Lis toujours, va, je t'entends.

ROSETTE *(continue)*

« ... Et d'une ardeur qui s'éteint... » Ah! les bergers et les troupeaux, ce n'est pas bien amusant...

Elle jette les livres.

LA DUCHESSE

Crois-tu qu'il se fût marié ? — Dis.

ROSETTE

Jamais sans la permission de madame la duchesse.

LA DUCHESSE

S'il n'avait pas dû être plus marié que monsieur le duc, j'aurais bien pu la lui donner... Hélas! dans quel temps vivons-nous! — Comprends-tu bien qu'un homme soit mon mari, et ne vienne pas chez moi ? M'expliquerais-tu bien ce que c'est précisément qu'un maître inconnu qu'il me faut respecter, craindre et aimer comme Dieu, sans le voir, qui ne se soucie de moi nullement, et qu'il faut que j'honore; dont il faut que je me cache, et qui ne daigne pas m'épier; qui me donne seulement son nom à porter de bien loin, comme on le donne à une terre abandonnée ?

ROSETTE

Madame, j'ai un frère qui est fermier, un gros fermier en Normandie, et il répète toujours que lorsqu'on ne cultive pas une terre, on ne doit avoir de droit ni sur ses fleurs ni sur ses fruits.

LA DUCHESSE *(avec orgueil)*

Qu'est-ce que vous dites donc, mademoiselle ? Cherchez ma montre dans mon écrin. *(Après avoir rêvé un peu.)* — Tiens, ce que tu dis là n'a pas l'air d'avoir le sens commun. Mais je crois que cela mènerait loin en politique, si l'on voulait y réfléchir. Donne-moi un flacon, je me sens faible.

Ah! quand j'étais au couvent, il y a deux ans, si mes bonnes religieuses m'avaient dit comment on est marié, j'aurais commencé par pleurer de tout mon cœur, toute une nuit; ensuite j'aurais bien pris une grande résolution ou de me faire abbesse ou d'épouser un homme qui m'eût aimée. Il est vrai que ce n'aurait pas été le chevalier, ainsi...

ROSETTE

Ainsi il vaut peut-être mieux que le monde aille de cette façon.

LA DUCHESSE

Mais de cette façon, Rosette, je ne sais comment je vis, moi. Il est bien vrai que je remplis tous mes devoirs de religion, mais aussi, à chaque confession, je fais une promesse de rupture avec le chevalier, et je ne la tiens pas.

Je crois bien que l'abbé n'y compte guère, à dire le vrai, et ne le demande pas sérieusement; mais enfin c'est tromper le bon Dieu. Et pourquoi cette vie gênée et tourmentée, cet hommage aux choses sacrées, aussi public que le dédain de ces choses ? Moi, je n'y comprends rien, et tout ce que je sais faire, c'est d'aimer celui que j'aime. Je vois que personne ne m'en veut, après tout.

ROSETTE

Ah! bon Dieu! madame, vous en vouloir ? Bien au contraire, je crois qu'il n'y a personne qui ne vous sache gré à tous deux de vous aimer si bien.

LA DUCHESSE

Crois-tu ?

ROSETTE

Cela se voit dans les petits sourires d'amitié qu'on vous fait en passant quand il donne le bras à madame la duchesse. On vous invite partout ensemble. Vos deux familles le reçoivent ici avec un amour...

LA DUCHESSE *(soupirant)*

Oui, mais il n'est pas ici chez lui... et cependant c'est là ce qu'on appelle le plus grand bonheur du monde, et tel qu'il est, on n'oserait pas le souhaiter à sa fille. *(Après un peu de rêverie.)* Sa fille! ce mot-là me fait trembler. Est-ce un état bien heureux que celui où l'on sent que si l'on était mère on en mourrait de honte, que l'insouciance et les ménagements du grand monde finiraient là tout à coup, et se changeraient en mépris et en froideur, que les femmes qui pardonnent à l'amante fermeraient leur porte à la mère, et que tous ceux qui me passent l'oubli d'un mari ne me passeraient pas l'oubli de son nom, car ce n'est qu'un nom qu'il faut respecter, et ce nom vous tient enchaînée, ce nom est suspendu sur votre tête, comme une épée! Que celui qu'il représente soit pour nous tout ou rien, nous avons ce nom écrit sur le collier, et au bas : *j'appartiens.*

ROSETTE

Mais, madame, serait-on si méchant pour vous ? Madame est si généralement aimée!

LA DUCHESSE

Quand on ne serait pas méchant, je me ferais justice à moi-même et une justice bien sévère, croyez-moi. — Je n'oserais pas seulement lever les yeux devant ma mère, et même, je crois, sur moi seule.

ROSETTE

Bon Dieu! madame m'effraye.

LA DUCHESSE

Assez. Nous parlons trop de cela, mademoiselle, et je ne sais pas comme nous y sommes venues. Je ne suis pas une héroïne de roman, je ne me tuerais pas, mais certes j'irais me jeter pour la vie dans un couvent.

SCÈNE II

LA DUCHESSE, ROSETTE, UN LAQUAIS

LE LAQUAIS

M. le docteur Tronchin demande si madame la duchesse peut le recevoir ?

LA DUCHESSE *(à Rosette)*

Allez dire qu'on le fasse entrer.

SCÈNE III

LA DUCHESSE, TRONCHIN, *appuyé sur une longue canne aussi haute que lui, vieux, voûté, portant une perruque à la Voltaire*

LA DUCHESSE *(gaiement)*

Ah! voilà mon bon vieux docteur! *(Elle se lève et court au-devant de lui.)* Allons, appuyez-vous sur votre malade. *(Elle lui prend le bras et le conduit à un fauteuil.)* Quelle histoire allez-vous me conter, docteur? quelle est l'anecdote du jour ?

TRONCHIN

Ah! belle dame! belle dame! vous voulez savoir les anecdotes des autres, prenez garde de m'en fournir une vous-même. Donnez-moi votre main, voyons ce pouls, madame... Mais asseyez-vous... mais ne remuez donc pas toujours, vous êtes insaisissable.

LA DUCHESSE *(s'asseyant)*

Eh bien! voyons, que me direz-vous ?

TRONCHIN *(tenant le pouls de la duchesse)*

Vous savez l'histoire qui court sur la présidente, n'est-il pas vrai, madame ?

LA DUCHESSE

Eh! mon Dieu, non, je ne m'informe point d'elle.

TRONCHIN

Eh! pourquoi ne pas vouloir vous en informer ? Vous vivez par trop détachée de tout aussi. — Si j'osais vous donner un conseil, ce serait de montrer quelque intérêt aux jeunes femmes de la société dont l'opinion pourrait vous défendre, si vous en aviez besoin un jour ou l'autre.

LA DUCHESSE

Mais j'espère bien n'avoir nul besoin d'être défendue, monsieur.

TRONCHIN

Ah! madame, je suis sûr que vous êtes bien tranquille au fond du cœur; mais je trouve que vous me faites appeler bien souvent depuis quelques jours.

LA DUCHESSE

Je ne vois pas, docteur, ce que vos visites ont de commun avec l'opinion du monde sur moi.

TRONCHIN

C'est justement ce que me disait la présidente, et elle s'est bien aperçue de l'influence d'un médecin sur l'opinion publique. — Je voudrais bien vous rendre aussi confiante qu'elle. — Je l'ai tirée, ma foi, d'un mauvais pas; mais je suis discret et je ne vous conterai pas l'histoire, puisque vous ne vous intéressez pas à elle. — Point de fièvre, mais un peu d'agitation... restez. Restez... ne m'ôtez pas votre main, madame.

LA DUCHESSE

Quel âge a-t-elle, la présidente ?

TRONCHIN

Précisément le vôtre, madame. Ah! comme elle était inquiète! son mari n'est pas tendre, savez-vous ? Il allait, ma foi, faire un grand éclat. Ah! comme elle pleurait! mais tout cela est fini à présent. Vous savez, belle dame, que la reine va jouer la comédie à Trianon ?

LA DUCHESSE *(inquiète)*

Mais la présidente courait donc un grand danger ?

TRONCHIN

Un danger que peuvent courir bien des jeunes femmes ; car enfin j'ai vu bien des choses comme cela dans ma vie. Mais autrefois cela s'arrangeait par la dévotion plus facilement qu'aujourd'hui. À présent, c'est le diable. Je vous trouve les yeux battus.

LA DUCHESSE

J'ai mal dormi cette nuit après votre visite.

TRONCHIN

Je ne suis pourtant pas méchant, ni bien effrayant pour vous.

LA DUCHESSE

C'est votre bonté qui est effrayante, et votre silence qui est méchant. Cette femme dont vous parlez, voyons, après tout, est-elle déshonorée ?

TRONCHIN

Non, mais elle pouvait l'être, et de plus abandonnée de tout le monde.

LA DUCHESSE

Et pourtant tout le monde sait qui elle aime.

TRONCHIN

Tout le monde le sait et personne ne le dit.

LA DUCHESSE

Et tout d'un coup on eût changé à ce point ?

TRONCHIN

Madame, quand une jeune femme a une faiblesse publique, tout le monde a son pardon dans le cœur et sa condamnation sur les lèvres.

LA DUCHESSE *(vite)*

Et les lèvres nous jugent.

TRONCHIN

Ce n'est pas la faute qui est punie, c'est le bruit qu'elle fait.

LA DUCHESSE

Et les fautes, docteur, peuvent-elles être toujours sans bruit ?

TRONCHIN

Les plus bruyantes, madame, ce sont d'ordinaire les plus légères fautes, et les plus fortes sont les plus silencieuses, j'ai toujours vu ça.

LA DUCHESSE

Voilà qui est bien contre le bon sens, par exemple.

TRONCHIN

Comme tout ce qui se fait dans le monde, madame.

LA DUCHESSE *(se levant et lui tendant la main)*

Docteur, vous êtes franc ?

TRONCHIN

Toujours plus qu'on ne le veut, madame.

LA DUCHESSE

On ne peut jamais l'être assez pour quelqu'un dont le parti est pris d'avance.

TRONCHIN

Un parti pris d'avance est souvent le plus mauvais parti, madame.

LA DUCHESSE *(avec impatience)*

Que vous importe ? c'est mon affaire; je veux savoir de vous quelle est ma maladie.

TRONCHIN

J'aurais déjà dit ma pensée à madame la duchesse, si je connaissais moins le caractère de monsieur le duc.

LA DUCHESSE

Eh bien! que ne me parlez-vous de son caractère ? quoique je n'aime pas à l'entendre nommer, comme il n'est pas impossible qu'il ne survienne par la suite quelque événement qui nous soit commun... je...

TRONCHIN

Il est furieusement fantasque, madame; je l'ai vu haut comme ça *(Mettant la main à la hauteur de la tête d'un enfant)* et toujours le même, suivant tout à coup son premier mouvement avec une soudaineté irrésistible et impossible à deviner. Dès l'enfance, cette impétuosité s'est montrée et n'a fait que croître avec lui. Il a tout fait de cette manière dans sa vie, allant d'un extrême à l'autre sans hésiter. Cela lui a fait faire beaucoup de grandes choses et beaucoup de sottises aussi, mais jamais rien de commun. Voilà son caractère.

LA DUCHESSE

Vous n'êtes pas rassurant, docteur; s'il va d'un extrême à l'autre, il m'aimera bien, et je ne saurai que faire de cet amour-là.

TRONCHIN

Ce n'est pourtant pas ce qui peut vous arriver de pis aujourd'hui, madame.

LA DUCHESSE

Ah! mon Dieu, que me dit-il là!

Elle frappe du pied.

TRONCHIN

C'est un fort grand seigneur, madame, que monsieur le duc. Il a toute l'amitié du roi et un vaste crédit à la cour. Quiconque l'offenserait serait perdu sans ressource; et comme il a beaucoup d'esprit et de pénétration, comme outre cela il a l'esprit ironique et cassant, il n'est pas possible de lui insinuer sans péril un plan de conduite, quel qu'il soit, et vouloir le diriger serait une haute imprudence. Le plus sûr avec lui serait une franchise totale.

LA DUCHESSE *(s'est détournée plusieurs fois en rougissant; elle se lève et va à la fenêtre)*

Assez, assez, par grâce, je vous en supplie, monsieur; je me sens rougir à chaque mot que vous me dites, et vous me jetez dans un grand embarras. *(Elle lui parle sans le regarder.)* Je vous l'avoue, je tremble comme un enfant. — Je ne puis supporter cette conversation. Les craintes terribles qu'elle fait naître en moi me révoltent et m'indignent contre moi-même. — Vous êtes bien âgé, monsieur Tronchin, mais ni votre âge ni votre profession savante ne m'empêchent d'avoir honte qu'un homme puisse me parler, en face, de tant de choses que je ne sais pas, moi, et dont on ne parle jamais! *(Une larme s'échappe.)* — *(Avec autorité.)* Je ne veux plus que nous causions davantage. *(Tronchin se lève.)*

La vérité que vous avez à me dire et que vous me devez, écrivez-la ici, je l'enverrai prendre tout à l'heure. — Voici une plume. Ce que vous écrirez pourrait bien être un arrêt, mais je n'en aurai nul ressentiment contre vous. *(Elle lui serre la main, le docteur baise sa main.)* Votre jugement est le jugement de Dieu. — Je suis bien malheureuse !

Elle sort vite.

SCÈNE IV

TRONCHIN, *seul*

Il se rassied, écrit une lettre, s'arrête et relit ce qu'il vient d'écrire ; puis il dit :

La science inutile des hommes ne pourra jamais autre chose que détourner une douleur par une autre plus grande. A la place de l'inquiétude et de l'insomnie, je vous donne la certitude et le désespoir. *(Il s'essuie les yeux où roule une larme.)* Elle souffrira, parce qu'elle a une âme candide dans son égarement, franche au milieu de la fausseté du monde, sensible dans une société froide et polie, passionnée dans un temps d'indifférence, pieuse dans un siècle d'irréligion. Elle souffrira sans doute ; mais, dans le temps et le monde où nous sommes, la nature usée, faible et fardée dès l'enfance, n'a pas plus d'énergie pour les transports du malheur que pour ceux de la félicité. Le chagrin glissera sur elle, et d'ailleurs je vais lui chercher du secours à la source même de son infortune.

SCÈNE V

TRONCHIN, ROSETTE

ROSETTE

Monsieur, je viens chercher...

TRONCHIN *(lui donnant un papier)*

Prenez, mademoiselle.

Rosette sort.

SCÈNE VI

TRONCHIN, *seul*

Son mari doit être à Trianon, ou à Versailles... Je puis m'y rendre en deux heures et demie.

SCÈNE VII

TRONCHIN, ROSETTE

On entend un grand cri de la duchesse.

TRONCHIN

Rosette revient toute pâle...

ROSETTE

Ah! monsieur, voyez madame la duchesse, comme elle pleure!

Elle entrouvre une porte vitrée.

TRONCHIN

Ce n'est rien, ce n'est rien qu'une petite attaque de nerfs; vous lui ferez prendre un peu d'éther, et vous brûlerez une plume dans sa chambre, celle-ci, par exemple. — Sa maladie ne peut pas durer plus de huit mois. — Je vais à Versailles.

Il sort.

ROSETTE

Comme ces vieux médecins sont durs!

Elle court chez la duchesse.

SCÈNE VIII

Versailles. — La chambre du duc

LE DUC, TRONCHIN *entrent ensemble*

LE DUC

Vous en êtes bien sûr, docteur ?

TRONCHIN

Monsieur le duc, j'en réponds sur ma tête que je vous apporte à Versailles, prenez-la pour ce qu'elle vaut.

LE DUC *(s'asseyant en taillant une plume)*

Allons, il est toujours bon de savoir à quoi s'en tenir. Vous la voyez très souvent ? asseyez-vous donc !

TRONCHIN

Presque tous les jours je passe chez elle pour des migraines, des bagatelles.

LE DUC

Et comment est-elle, ma femme ? est-elle jolie ? est-elle agréable ?

TRONCHIN

C'est la plus gracieuse personne de la terre.

LE DUC

Vraiment ? je ne l'aurais pas cru; le jour où je la vis, ce n'était pas ça du tout. C'était tout empesé, tout guindé, tout roide, ça venait du couvent, ça ne savait ni entrer ni sortir, ça saluait tout d'une pièce; de la fraîcheur seulement, la beauté du diable.

TRONCHIN

Oh ! à présent, monsieur le duc, c'est tout autre chose.

LE DUC

Oui, oui, le chevalier doit l'avoir formée. Le petit chevalier a du monde. Je suis fâché de ne pas la connaître.

TRONCHIN

Ah çà ! il faut avouer, entre nous, que vous en aviez bien la permission.

LE DUC *(prenant du tabac pour le verser d'une tabatière d'or dans une boîte à portrait)*

Ça peut bien être ! Je ne dis pas le contraire, docteur; mais, ma foi, c'était bien difficile. La marquise est bien la femme la plus despotique qui jamais ait vécu; vous savez bien qu'elle ne m'eût jamais laissé marier, si elle n'eût été bien assurée de moi, et bien certaine que ce serait ici, comme partout à présent, une sorte de cérémonie de famille, sans importance et sans suites.

TRONCHIN

Sans importance, cela dépend de vous; mais sans suites, monsieur le duc...

LE DUC *(sérieusement)*

Cela dépend aussi de moi, plus qu'on ne croit, monsieur; mais c'est mon affaire. *(Il se lève et se promène.)* Savez-vous à quoi je pense, mon vieil ami ? c'est que l'Honneur ne peut pas toujours être compris de la même façon.

Dans la passion, le meurtre peut être sublime; mais dans l'indifférence, il serait ridicule, et dans un homme d'Etat ou un homme de cour, par ma foi, il serait fou.

Tenez, regardez! Moi, par exemple, je sors de chez le Roi. Il a eu la bonté de me parler d'affaires assez longtemps. Il regrette M. d'Orvilliers, mais il l'abandonne à ses ennemis, et le laisse quitter le commandement de la flotte avec laquelle il a battu les Anglais. Moi, qui suis l'ami de d'Orvilliers, et qui sais ce qu'il vaut, cela m'a fait de la peine; je viens d'en parler vivement, je me suis avancé pour lui. Le Roi m'a écouté volontiers et est entré dans mes raisons. Il m'a présenté ensuite Franklin, le docteur Franklin, l'imprimeur, l'Américain, l'homme pauvre, l'homme en habit gris, le savant, le sage, l'envoyé du nouveau monde à l'ancien, grave comme le paysan du Danube, demandant justice à l'Europe pour son pays, et l'obtenant de Louis XVI; j'ai eu une longue conférence avec ce bon Franklin; je l'ai vu ce matin même présenter son petit-fils au vieux Voltaire, et demander à Voltaire une bénédiction, et Voltaire ne riant pas, Voltaire étendant les mains aussi gravement qu'eût fait le souverain pontife, et secouant sa tête octogénaire avec émotion, et disant sur la tête de l'enfant : Dieu et la liberté! — C'était beau, c'était solennel, c'était grand.

Et au retour, le Roi m'a parlé de tout cela avec la justesse de son admirable bon sens; il voit l'avenir sans crainte, mais non sans tristesse; il sent qu'une révolution partant de France peut y revenir. Il aide ce qu'il ne peut empêcher, pour adoucir la pente; mais il la voit rapide et sans fond, car il parle et pense en législateur quand il est avec ses amis. Mais l'action l'intimide. Au sortir de l'entretien, il m'a donné ma part dans les événements présents et à venir.

Voilà ma matinée. — Elle est sérieuse, comme vous voyez; et maintenant, en vérité, m'occuper d'une affaire de... de quoi, dirai-je? de ménage?... Oh! non! — Quelque chose de moins que cela encore... Une affaire de boudoir... et d'un boudoir que je n'ai jamais vu... en bonne vérité, vous le sentez, cela ne m'est guère possible. Un sourire de pitié est vraiment tout ce que cela me peut arracher. Je suis si étranger à cette jeune femme, moi, que je n'ai pas le droit de la colère; mais elle porte mon nom, et quant à ce qu'il y a dans ce petit événement qui pourrait blesser l'amour-propre de l'un ou l'intérêt de l'autre, fiez-vous-en à moi pour ne tirer d'elle qu'une vengeance de bonne compagnie et qui, pour être de bon goût, n'en sera peut-être que plus sévère. Pauvre petite femme, elle doit avoir une peur d'enfer. *(Il rit et prend son épée.)* Venez-vous avec moi voir la marquise au Petit Trianon? Je l'ai trouvée assez pâle ce matin, elle m'inquiète. *(Il sonne. — A ses gens.)* Ce soir, à onze heures, on me tiendra un carrosse prêt pour aller à Paris.

Passez, mon cher Tronchin.

TRONCHIN *(à part)*

Je n'ai plus qu'à les laisser faire à présent.

Ils sortent.

SCÈNE IX

Paris. — La chambre à coucher de la duchesse

LA DUCHESSE, ROSETTE

LA DUCHESSE *(seule)*

Elle est à sa toilette, en peignoir, prête à se coucher, ses cheveux à demi dépoudrés répandus sur son sein, comme ceux d'une Madeleine, en longs flots nommés repentirs.

Quelle heure est-il?

ROSETTE *(achevant de la coiffer pour la nuit et de lui ôter sa toilette de cour)*

Onze heures et demie, madame, et monsieur le chevalier...

LA DUCHESSE

Il ne viendra plus à présent, il a bien fait de ne pas venir aujourd'hui. — J'aime mieux ne pas l'avoir vu. J'ai bien mieux pleuré.

Chez qui peut-il être allé ? — A présent, je vais être bien plus jalouse; à présent que je suis si malheureuse! — Quels livres m'a envoyés l'abbé ?

ROSETTE

Les Contes de M. l'abbé de Voisenon.

LA DUCHESSE

Et le chevalier ?

ROSETTE

Le Petit Carême et l'Imitation.

LA DUCHESSE

Ah! comme il me connaît bien! Sais-tu, Rosette, que son portrait est bien ressemblant ? Tiens, il avait cet habit-là quand la reine lui a parlé si longtemps, et pendant tout ce temps-là, il me regardait de peur que je ne fusse jalouse. Tout le monde l'a remarqué. Oh! il est charmant! *(Soupirant.)* Ah! que je suis malheureuse, n'est-ce pas, Rosette ?

ROSETTE

Oh! oui, madame.

LA DUCHESSE

Il n'y a pas de femme plus malheureuse que moi sur toute la terre.

ROSETTE

Oh! non, madame.

LA DUCHESSE

Je vais me coucher... Laissez-moi seule, je vous rappellerai. *(Rosette sort.)* Je vais faire mes prières.

SCÈNE X

LA DUCHESSE, *seule*

Elle va ouvrir les rideaux de son lit, et en voyant le crucifix elle a peur ; elle crie :

Rosette! Rosette!

SCÈNE XI

LA DUCHESSE, ROSETTE

ROSETTE *(effrayée)*

Madame ?

LA DUCHESSE

Quoi donc ?

ROSETTE

Madame m'a appelée.

LA DUCHESSE

Ah ! je voulais... mon peignoir.

ROSETTE

Madame la duchesse l'a sur elle.

LA DUCHESSE

J'en voulais un autre. — Non. — Restez avec moi, j'ai peur. — Restez sur le sofa, je vais lire. *(A part.)* Je n'ose pas faire un signe de croix. — A quelle heure le chevalier vient-il demain matin ? Ah ! je suis la plus malheureuse femme du monde. *(Elle pleure.)* Allons, mets dans la ruelle un flambeau et la Nouvelle Héloïse. *(Tenant le livre.)* Jean-Jacques ! ah ! Jean-Jacques ! vous savez, vous, combien d'infortunes se cachent sous le sourire d'une femme. *(On frappe à une porte de la rue, une voiture roule.)* On frappe à la porte ! Ce n'est pas ici, j'espère !

ROSETTE

J'ai entendu un carrosse s'arrêter à la porte de l'hôtel.

LA DUCHESSE

En es-tu bien sûre, Rosette ? à minuit !

Rosette regarde à la fenêtre.

ROSETTE

C'est bien à la porte de madame la duchesse, un carrosse avec deux laquais qui portent des torches ; c'est la livrée de madame.

LA DUCHESSE

Eh ! bon Dieu ! serait-il arrivé quelque événement chez ma mère ? Je suis dans un effroi...

ROSETTE

J'entends marcher! on monte chez madame la duchesse.

LA DUCHESSE

Mais qu'est-ce donc? *(On frappe.)* Demande avant d'ouvrir.

ROSETTE

Qui est là ?

UN LAQUAIS

Monsieur le duc arrive de Versailles!

ROSETTE

Monsieur le duc arrive de Versailles!

LA DUCHESSE *(tombant sur un sofa)*

Monsieur le duc! depuis deux ans! lui! depuis deux ans! jamais! et aujourd'hui! à cette heure! Ah! que vient-il faire, Rosette? Il vient me tuer! cela est certain! — Embrasse-moi, mon enfant, et prends ce collier, tiens, et ce bracelet; tiens, en souvenir de moi.

ROSETTE

Je ne veux pas de tout cela! Je ne quitterai point madame la duchesse! *(On frappe encore.)* Eh bien! quoi? Madame la duchesse est au lit.

LE LAQUAIS *(toujours derrière la porte)*

Monsieur le duc demande si madame la duchesse peut le recevoir.

LA DUCHESSE *(du canapé, vite)*

Non!

ROSETTE *(vite, à la porte)*

Non!

LA DUCHESSE

Plus poliment, Rosette : « Madame est endormie. »

ROSETTE *(criant et ayant un peu perdu la tête)*

Madame est endormie!

LE LAQUAIS

Monsieur le duc dit que vous avez dû la réveiller, et qu'il attendra que madame la duchesse puisse le recevoir. Il a à lui parler.

ROSETTE *(à la duchesse)*

Monsieur le duc veut que madame se lève!

LA DUCHESSE

Ah! mon Dieu! il sait tout; il vient me faire mourir!

ROSETTE *(sérieusement)*

Madame!... *(Elle s'arrête.)*

LA DUCHESSE

Eh bien?

ROSETTE

Madame, je ne le crois pas!

LA DUCHESSE

Et pourquoi ne le crois-tu pas?

ROSETTE *(tragiquement)*

Madame, parce que les gens ont l'air gai!

LA DUCHESSE *(effrayée)*

Ils ont l'air gai? — Mais c'est encore pis. Oh! mon pauvre chevalier!

Elle prend son portrait.

ROSETTE

Hélas! madame la duchesse, quel malheur d'être la femme de monsieur le duc!

LA DUCHESSE *(désolée)*

Quelle horreur! quelle insolence!

ROSETTE

Et s'il vient par jalousie!

LA DUCHESSE

Quel étrange amour! voilà qui est odieux!
Écoute! il ne peut venir que par fureur ou par passion; de toute façon, c'est me faire mourir. Tue-moi, je t'en prie.

ROSETTE *(reculant)*

Non, madame! moi, tuer madame! cela ne se peut pas.

LA DUCHESSE

Eh bien! au moins va dans mon cabinet. Tu écouteras tout; et dès que je sonnerai, tu entreras. Je ne veux pas qu'il reste plus d'un quart d'heure ici, quelque chose qu'il me veuille dire. Hélas! si le chevalier le savait!

ROSETTE

Oh! madame! il en mourrait d'abord!

LA DUCHESSE

Pauvre ami! — S'il se met en colère, tu crieras au feu! Au bout du compte, je ne le connais pas, moi, mon mari!

ROSETTE

Certainement! madame ne l'a jamais vu qu'une fois.

LA DUCHESSE

O mon Dieu! ayez pitié de moi!

ROSETTE

On revient, madame.

LA DUCHESSE

Allons, du courage! — Mademoiselle, dites que je suis visible.

ROSETTE

Madame la duchesse est visible.

LA DUCHESSE *(à genoux, se signant)*

Mon Dieu! ayez pitié de moi!

Elle se couche à demi sur le sofa.

SCÈNE XII

UN LAQUAIS, LE DUC, LA DUCHESSE

UN LAQUAIS *(ouvrant les deux battants de la porte)*

Monsieur le duc.

La duchesse se lève, fait une grande révérence et s'assied toute droite sans oser parler.

LE DUC

Il la salue, puis il va droit à la cheminée, et gardant son épée au côté et son chapeau sous le bras, se chauffe tranquillement les pieds. Après un long silence, il la salue froidement.

Eh bien! madame, comment vous trouvez-vous?

LA DUCHESSE

Mais, monsieur, un peu surprise de vous voir, et confuse de n'avoir pas eu le temps de m'habiller pour vous.

LE DUC

Oh! n'importe, n'importe, je ne tiens pas au cérémonial. D'ailleurs, on peut paraître en négligé devant son mari.

LA DUCHESSE *(à part)*

Son mari! hélas! — *(Haut.)* Oui, certainement... son mari... Mais ce nom-là... je vous avoue...

LE DUC *(ironiquement)*

Oui, oui... j'entends, vous n'y êtes pas plus habituée qu'à ma personne. *(Souriant.)* C'est ma faute... *(Tendrement.)* c'est ma très grande faute, ou plutôt c'est la faute de tout le monde. — *(Sérieusement.)* Qui peut dire en ce monde, et « dans le monde surtout », qu'il n'ajoute pas par sa conduite aux fautes des autres ? Dites-le-moi, madame.

LA DUCHESSE

Ah! je crois bien que vous avez raison, monsieur, vous savez le monde mieux que moi!

LE DUC *(avec feu)*

Mieux que vous! mieux que vous, madame! cela n'est, parbleu! pas facile. Je n'entends parler à Versailles que de votre grâce dans le monde; vous faites fureur! On n'a que votre nom à la bouche. C'est une rage. *(D'un ton ambigu.)* — Moi... je l'avoue, cela... cela m'a piqué d'honneur!

LA DUCHESSE *(à part)*

O ciel! piqué d'honneur! que veut-il dire ?

LE DUC *(s'approchant avec galanterie)*

Çà, voyons, regardez-moi bien! Me reconnaissez-vous ?

LA DUCHESSE

Sans doute, monsieur le duc, j'aurais bien mauvaise grâce à ne pas...

LE DUC *(tendrement)*

Me dire oui, n'est-ce pas ? Ce n'est pas cette docilité qu'il me faut, c'est de la franchise.

LA DUCHESSE

De la...

LE DUC *(sévèrement)*

De la franchise, madame. *(Il quitte le fauteuil et retourne brusquement à la cheminée.)* J'aurai beaucoup à vous dire cette nuit, et des choses fort sérieuses!

LA DUCHESSE

Quoi! cette nuit, monsieur! y pensez-vous ?

LE DUC *(froidement)*

J'y ai pensé, madame, pendant tout le chemin de Versailles et un peu avant aussi.

LA DUCHESSE *(à part)*

Il sait ma faute! Il la sait! tout est fini!

LE DUC

Oui, j'ai le projet de ne partir que demain matin au jour, et vos gens et les miens doivent être couchés à présent.

LA DUCHESSE *(vivement, se levant)*

Mais ce n'est pas moi qui l'ai ordonné.

LE DUC *(avec sang-froid et le sourire sur la bouche)*

Alors, madame, si ce n'est vous, il faut donc que ce soit moi.

LA DUCHESSE *(à part)*

Il restera.

LE DUC *(regardant la pendule)*

Demain j'arriverai à temps pour le petit lever. — C'est une pendule de Julien Le Roy que vous avez là ?

Il ôte son épée et son chapeau et les pose sur un guéridon.

LA DUCHESSE *(à part)*

Un sang-froid à n'y rien comprendre! — Quelle inquiétude il me donne!

LE DUC *(s'asseyant)*

Ah! ah! voici quelques livres! C'est bien ce que l'on m'avait dit : vous aimez l'esprit, et vous en avez; oh! je sais que vous en avez beaucoup, et du bon, du vrai, du meilleur esprit. — C'est M. de Voltaire! — Oh! Zaïre! — « Zaïre, vous pleurez! »

Lekain dit cela comme ça, n'est-ce pas ?

LA DUCHESSE

Je ne l'ai pas vu, monsieur.

LE DUC

Ah! c'est vrai! je sais que vous êtes un peu dévote, vous n'allez pas à la comédie, mais vous la lisez. Vous lisez la comédie... Pour la jouer, jamais! *(Avec une horreur comique.)* Oh! jamais!

LA DUCHESSE

On ne m'y a pas élevée, monsieur, fort heureusement pour moi.

LE DUC

Et pour votre prochain, madame; mais je suis sûr qu'avec votre esprit vous la joueriez parfaitement... Tenez (nous avons le temps), si vous étiez la belle Zaïre, soupçonnée d'infidélité par Orosmane, le violent, le terrible Orosmane...

LA DUCHESSE *(à part)*

(A demi-voix à la cloison.) Ah! c'est ma mort qu'il a résolue! — Rosette, prenez garde! Rosette, faites bien attention.

LE DUC

En vérité, madame, c'est le plus généreux des mortels que ce soudan Orosmane; n'ayez donc pas peur de lui. S'il entrait ici, par exemple, disant avec la tendresse que met Lekain dans cette scène-là :

Hélas! le crime veille et son horreur me suit.
A ce coupable excès porter sa hardiesse!
Tu ne connaissais pas mon cœur et ma tendresse,
Combien je t'adorais! quels feux!...

LA DUCHESSE *(se levant et allant à lui)*

Monsieur! avez-vous quelque chose à me reprocher ?...

LE DUC *(riant)*

Ah! le mauvais vers que voilà! Eh! bon Dieu, que dites-vous donc là ? Ce n'est pas dans la pièce.

LA DUCHESSE *(boudant)*

Eh! monsieur, je ne dis pas de vers, je parle. On ne vient pas à minuit chez une femme pour lui dire des vers, aussi.

LE DUC *(jetant son livre)*

(Avec tendresse et mélancolie.) Eh! croyez-vous donc que ce soit là ce qui m'amène ? Causons un peu en amis. *(Il s'assied sur la causeuse près d'elle.)* Çà! vous est-il arrivé quelquefois de songer à votre mari, par extraordinaire, là, un beau matin, en vous éveillant ?

LA DUCHESSE *(étonnée)*

Eh! monsieur, mon mari pense si peu à sa femme, qu'il n'a vraiment pas le droit d'exiger la moindre réciprocité.

LE DUC

Eh! qui donc vous a pu dire, ingrate, qu'il ne pensait pas à vous ? était-il en passe de vous l'écrire ? c'eût été ridicule à lui. Vous le faire dire par quelqu'un, c'était bien froid. Mais venir vous le jurer chez vous et vous le prouver, voilà quel était son devoir.

LA DUCHESSE *(à part)*

Me le jurer! Ah! pauvre chevalier! *(Elle baise son portrait.)* Me le jurer, monsieur! et me jurer quoi, s'il vous plaît ? Vous êtes-vous jamais cru obligé à quelque chose envers moi ? Que vous suis-je donc, monsieur, sinon une étrangère qui porte votre nom ?...

LE DUC

Et peut le donner, madame...

LA DUCHESSE *(se levant)*

Ah! monsieur le duc, faites-moi grâce...

LE DUC *(se lève tout à coup en riant)*

Grâce! madame, et de quoi grâce, bon Dieu! — Ah! je comprends : vous voulez que je vous fasse grâce de mes compliments, de mes tendresses et de mes fadeurs. Eh! je le veux bien. Tant qu'il vous plaira! parlons d'autre chose.

LA DUCHESSE

Quelle torture!

LE DUC

Savez-vous de qui ces tableaux-là sont les portraits ? Je suis sûr que vous ne les regardez jamais. Ces braves gens cuirassés sont mes aïeux, ils sont anciens : nous sommes, ma foi, très anciens, aussi anciens que les Bourbons; le saviez-vous ? mon nom est celui d'un connétable, de cinq maréchaux de France, tous pairs des rois, et parents et alliés des rois, et élevés avec eux dès l'enfance, camarades de leur jeunesse, frères d'armes de leur âge d'homme, conseillers et appuis de leur vieillesse. C'est beau! c'est assez beau pour que l'on s'en souvienne; et quand on s'en souvient, il n'est guère possible de ne pas songer que ce serait un malheur épouvantable, une désolation véritable dans une famille, que de n'avoir personne à qui léguer ce nom, sans parler de l'héritage qui ne laisse pas que d'être considérable. Cela ne vous a-t-il jamais affligée ?

LA DUCHESSE

Eh! monsieur, je ne vois pas pourquoi je m'en affligerais quand vous n'y pensez jamais. Après tout, c'est de votre nom qu'il s'agit, et non du mien.

LE DUC

Eh quoi! Elisabeth!

LA DUCHESSE

Elisabeth ? vous vous croyez ailleurs, je pense.

LE DUC

Eh! n'est-ce pas Elisabeth que vous vous nommez ? Quel est donc votre nom de baptême ?

LA DUCHESSE *(avec tristesse)*

Baptême! le nom de baptême! c'est vous qui demandez le nom que l'on m'a donné! Je voudrais bien savoir ce qu'eût dit mon pauvre père qui tenait tant à ce nom-là... *(Vite.)* et vous, je ne vous le dirai pas... si quelqu'un lui eût dit : Eh bien! ce nom si doux, son mari ne daignera pas le savoir.

Du reste, cela est juste! *(Avec agitation.)* Les noms de baptême sont faits pour être dits par ceux qui aiment et pour être inconnus à ceux qui n'aiment pas. *(En enfant.)* Il est bien juste que vous ne sachiez pas le mien, et c'est bien fait... et je ne vous le dirai pas.

LE DUC *(à part, souriant et charmé)*

Ah çà! mais comme elle est gentille! suis-je fou de me prendre les doigts à mon piège ?

C'est qu'elle est charmante, en vérité ? *(Haut et sérieux.)* Et pourquoi saurais-je ce nom d'enfant, madame ? qu'est-ce pour moi, je vous prie, que la jeune fille enfermée au couvent jusqu'à ce qu'on me la donne sans que je sache seulement son âge ? C'est la jeune femme connue sous mon nom qui m'appartient; celle-là seule est mienne, madame, puisque, pour la nommer, il faut qu'on me nomme moi-même.

LA DUCHESSE *(se levant, vite et avec colère)*

Monsieur le duc, voulez-vous me rendre folle ? Je ne comprends plus rien ni à vos idées, ni à vos sentiments, ni à mon existence, ni à vos droits, ni aux miens; je ne suis peut-être qu'une enfant! j'ai peut-être été toujours trompée. Dites-moi ce que vous savez de la vie réelle du monde. Dites-moi pourquoi les usages sont contre la religion et le monde contre Dieu. Dites-moi si notre vie a tort ou raison; si le mariage existe ou non; si je suis votre femme, pourquoi vous ne m'avez jamais revue, et pourquoi l'on ne vous en blâme pas; si les serments sont sérieux, pourquoi ils ne le sont pas pour vous; si vous avez et si j'ai moi-même le droit de jalousie. Dites-moi ce que signifie tout cela ? Qu'est-ce que ce mariage du nom et de la fortune, d'où les personnes sont absentes, et pourquoi nos hommes d'affaires nous ont fait paraître dans ce marché ? Dites-moi si le droit qu'on vous a donné était seulement celui de venir me troubler, me poursuivre chez moi quand il vous plaît d'y tomber comme la foudre, au moment où l'on s'y attend le moins, à tout hasard, au risque de me causer la plus grande frayeur, sans ménagements, sans scrupules, la nuit, dans mon hôtel, dans ma chambre, dans mon alcôve, là!

LE DUC

Ah! madame, les beaux yeux que voilà; aussi éloquents que votre bouche lorsqu'un peu d'agitation la fait parler. — Eh bien, quoi! voulez-vous que je vous explique une chose inexplicable ? Voulez-vous que je fasse du pédantisme avec vous ? Faut-il que je m'embarque avec vous dans les phrases ? Exigez-vous que je vous parle du grand monde, et que je vous raconte l'histoire de l'hymen ? — Vous dire comment le mariage, d'abord sacré, est devenu si profane à la cour, et si profané surtout; vous dire comment nos vieilles et saintes familles sont devenues si frivoles et si mondaines; comment et par qui nous fûmes tirés de nos châteaux et de nos terres pour venir nous échelonner dans une royale antichambre; comment notre ruine fastueuse a nécessité nos alliances calculées, et comment on les a toutes réglées en famille, d'avance et dès le berceau (comme la nôtre, par exemple); vous raconter comment la religion (irréparable malheur peut-être!) s'en est allée en plaisanterie, fondue avec le sel attique dans le creuset des philosophes; vous décrire par quels chemins l'amour est venu se jeter à travers tout cela, pour élever son temple secret sur tant de ruines, et comment il est devenu lui-même quelque chose de respecté et de sacré, pour ainsi dire, selon le choix et la durée : vous raconter, vous expliquer, vous analyser tout cela, ce serait par trop long et par trop fastidieux; vous en savez, je gage, autant que moi sur beaucoup de ces choses...

LA DUCHESSE *(lui prenant la main avec plus de confiance)*

Hélas! à vous dire vrai, monsieur, si je les sais, un peu, comme vous les savez beaucoup, il me semble, j'en souffre plus que je n'en suis heureuse, et je ne devine pas quelle fin peut avoir un monde comme le nôtre.

LE DUC

Eh! bon Dieu, madame, qui s'en inquiète à l'heure qu'il est, si ce n'est vous ? Personne, je vous jure, pas même chez ceux que cela touche de plus près. Respirons en paix, croyez-moi! respirons, tel qu'il est, cet air empoisonné, si l'on veut, mais assez embaumé, selon mon goût, de l'atmosphère où nous sommes nés, et dirigeons-nous seulement lorsqu'il le faudra selon cette loi que, ma foi, je ne vis jamais nulle part écrite, mais que je sentis toujours vivante en moi, la loi de l'Honneur.

LA DUCHESSE *(un peu effrayée et reculant)*

L'Honneur! oui! mais cet Honneur, en quoi le faites-vous consister, monsieur le duc ?

LE DUC *(très gravement)*

Il est dans tous les instants de la vie d'un galant

homme, madame; mais il doit surtout le faire consister dans le soin de soutenir la dignité de son nom... et...

LA DUCHESSE *(à part)*

Encore cette idée! ô mon Dieu! mon Dieu!

LE DUC

... Et en supposant qu'on eût porté quelque atteinte à la pureté de ce nom, il ne doit hésiter devant aucun sacrifice pour réparer l'injure ou la cacher éternellement.

LA DUCHESSE

Aucun sacrifice ne vous coûterait-il, monsieur ?

LE DUC

Aucun, madame, en vérité.

LA DUCHESSE

En vérité ?

LE DUC *(sur un ton emporté)*

Sur ma parole! aucun! fallût-il un meurtre!

LA DUCHESSE *(à part)*

Ah! je suis perdue! ah! mon Dieu!

Elle regarde sa croix.

LE DUC *(sur un ton passionné)*

Fallût-il me jeter à vos pieds et les couvrir de baisers, et m'humilier pour rentrer en grâce!

Il lui baise la main à genoux.

LA DUCHESSE *(à part)*

Ah! pauvre chevalier! nous sommes perdus! je n'oserai plus te revoir!

Elle baise le portrait du chevalier.

LE DUC *(brusquement, en homme, et comme quittant le masque)*

Ah çà, voyons, mon enfant, touchez là.

LA DUCHESSE *(étonnée)*

Quoi donc!

LE DUC

Touchez là, vous dis-je; une fois seulement donnez-moi la main, c'est tout ce que je vous demande.

LA DUCHESSE *(pleurant presque)*

Comment! monsieur ?

LE DUC

Oui, vraiment, touchez là bien franchement, en bonne et sincère amie; je ne veux point vous faire de mal, et toute la vengeance que je tirerais de vous (si vous m'aviez offensé), ce serait cette frayeur que je viens de vous faire.

Asseyez-vous. — Je vais partir. — *(Il reprend son chapeau et son épée.)* Voici le jour qui vient! il me faut le temps d'arriver à Versailles. *(Debout, il lui serre la main, elle est assise.)* Ecoutez bien. Il n'y a rien que je ne sache...

A vrai dire, je ne me sens nulle colère et nulle haine pour vous. *(Avec émotion et gravité.)* N'ayez, je vous prie, nulle haine contre moi non plus. Nous avons chacun nos petits secrets. Vous faites bien, et je crois que je ne fais pas mal de mon côté. Restons-en là! Je ne sais si tout cela nous passera, mais nous sommes jeunes tous les deux, nous verrons. — Soyez toujours bien assurée que mon amitié ne passera pas pour vous... Je vous demande la vôtre, et... *(En riant.)* n'ayez pas peur, je ne reviendrai vous voir que quand vous m'écrirez de venir.

LA DUCHESSE

Etes-vous donc si bon, monsieur ? et je ne vous connaissais pas!

LE DUC

Pardonnez-moi cette mauvaise nuit que je vous ai fait passer. Dans une société qui se corrompt et se dissout chaque jour comme la nôtre, tout ce qui reste encore de possible, c'est le respect des convenances. Il y a des occasions où la dissimulation est presque sainte et peut même ne pas manquer de grandeur. Je vous ai dit que je tenais à notre nom... En voici la preuve : — vos gens et les miens m'ont vu entrer, ils me verront sortir, et pour le monde c'est tout ce qu'il faut.

LA DUCHESSE *(à ses genoux, lui baise les mains et pleure en se cachant le visage. — Silence)*

Ah! monsieur le duc, quelle bonté et quelle honte pour moi! Votre générosité m'écrase! Où me cacher, monsieur ? j'irai dans un couvent.

LE DUC *(souriant)*

C'est trop! c'est beaucoup trop! je n'en crois rien, et je ne le souhaite pas. Du reste, il n'en sera que ce que vous voudrez; adieu! moi, je vous ai sauvée en sauvant les apparences.

Il sonne, on ouvre, il sort.

SCÈNE XIII

LA DUCHESSE, ROSETTE

ROSETTE

(Elle entre sur la pointe du pied avec effroi.) Ah! madame! l'ennemi est parti.

LA DUCHESSE

L'ennemi! ah, taisez-vous! — L'ennemi! ah! je n'ai pas de meilleur ami! ne parlez jamais de lui légèrement. Il m'a sauvée, mais il m'a traitée comme une enfant, avec une pitié dédaigneuse qui m'anéantit et me punit bien plus que la sévérité d'un autre.

ROSETTE

Toujours est-il que nous en voilà QUITTES POUR LA PEUR.

TABLE DES MATIÈRES

GF Flammarion

06/10/124811-XI-2006 – Impr. MAURY Eurolivres, 45300 Manchecourt.
N° d'édition LO1EHPNFG0171B012. – 1er trimestre 1968. – Printed in France.